海に消えた神々

今野敏

双葉文庫

海に消えた神々

空は毒々しいまでに青く、陽光は強烈だ。

何もかもがハレーションを起こしているようにさえ見える。

真っ白な雲が浮かんでいる。

水平線には入道雲。

それらの雲も光って見える。

海の色は紺色だが、ボートの近くは緑色にも見える。

風が強く、風波が立っている。このあたりはいつもそうだ。潮も少しばかりきつい。

だが、そのダイバーは気にしなかった。与那国島《よなぐにじま》で生まれ育った彼は、海のことをよく知っていた。

彼はダイビングのプロで、しばらく伊豆などで仕事をしていたこともあるが、正直に言って、うんざりしていた。

伊豆の海は、春を過ぎれば海草が鬱蒼と茂りはじめる。夏の間中、透明度が悪く、ときには、一メートル先も見えないこともある。

ようやく、海が澄みはじめる頃には、もう北風が吹きはじめる。

伊豆のダイビングのシーズンは秋から冬にかけてなのだが、それは寒さをこらえてのダイビングとなる。

インストラクターやガイドが、不安定で動きにくいドライスーツを着ていたのでは仕事にならない。

ロクハンと呼ばれる、黒いゴム製のウェットスーツを着て潜ることになる。ロクハンというのは、厚さが六ミリ半あるところからきている。

ウェットスーツの中では一番温かいのだが、それでも冬の海に潜るのはつらい。水温は十度ほどしかない。

海の中にいる間はまだいい。上がったときの寒さがこたえた。

生まれ育った与那国の海がなつかしかった。南国の海は、伊豆の海とはまったく違う。一年を通して透明度は抜群だ。しかも年間の平均水温は、二十四度を超えている。

どうしても、南の島の海が忘れられず、彼は与那国に帰ってきたのだった。

実家は、ホテル業を営んでいた。彼は、その近くにダイビング・ショップを開いた。

与那国はダイビング天国だ。

さまざまなスポットが島の周りにあり、比較的手軽に潜ることができる。さらに、海流が交差しており、大型回遊魚も見ることができる。

冬には、ハンマーシャークも見られることで知られている。

彼は、新しいダイビング・スポットを見つけようとしていた。誰も知らないスポットを開発すれば、それがショップの売りにもなる。

その日、彼は、島の東南端にやってきていた。新川鼻《あらかわばな》と呼ばれるあたりだ。

その沖合でボートを泊め、アンカーを打った。岸から二百五十メートルほどのところだ。

この一帯は、なぜか魚があまりいない。ダイビングには魅力のないところとされていた。

だが、彼は潜っておきたかった。与那国でダイビング・ショップを開いているガイドとして、島の周辺すべての海を知っておきたかった。

BCジャケットはすでにタンクに装着してあった。使い慣れたBCジャケットは潮と日光にさらされて、もともとの色がわからないくらいに色あせている。

マスクに唾を塗り、それを一度海水で洗う。曇り止めのためだ。

タンクのバルブを開き、エアの圧力をチェックする。ゲージは百八十を差している。

レギュレーターをくわえて、深く呼吸してみる。小気味よく冷たいエアが流れてくる。

これらの作業は、毎日繰り返しており、彼は、食事で箸を使うに等しいくらいに慣れている。

タンクの付いたBCジャケットを背負い、裸足のままフィンを着ける。南の島でのボートダイブでは、ブーツなどはかない。

マスクを着け、ボートの舷側《げんそく》に腰かける。レギュレーターをくわえてバックロールでエントリーした。

頭から海面に突っ込む。青緑色の水が泡立ち、激しい音がする。

次の瞬間、静寂に包まれていた。レギュレーターから流れ出るエアの音と、自分が吐き出す水泡の音が聞こえるだけだ。

海の中は明るい。透明度を物語っている。

耳抜きをしながら、ゆっくりと潜行していった。

皆が言うとおり、魚の影がない。

妙な一帯だと、彼は思った。水深は十メートルほどの棚地になっていることはわかっている。

ダイバーや漁師が「根」と呼ぶ海底の地形だ。そういう場所には、たいてい魚群がいるものだ。

また、沖縄や八重山《やえやま》、与那国あたりの根には、必ず珊瑚《さんご》が密生しているはずだ。その珊瑚もまったく見当たらない。

ただ、青い水と黒っぽい岩肌だけが見える。

ここは、ダイビング・スポットとしては使えないようだな……。

彼は、そう思い、水深十メートルほどのところで中正浮力を取り、静止してあたりを見回した。

そのとき、彼は得体の知れない感覚に襲われた。

海底の地形を眺めていたのだ。

岩の固まりに見える。四角く切り取られたような巨大な岩。

だが、そういう地形は八重山あたりでは珍しくはない。

西表島《いりおもてじま》には、仲の神島東の根というスポットがあり、そこも、まるでビルディングがそのまま沈んだような四角い巨大な岩が並んでいる。

岩の性質で、自然とそういう形になるそうだ。

潮のきついポイントで、磯マグロやロウニンアジなどの巨大回遊魚が見られる。

今見ている地形も、その類だと思っていた。だが、何かが違う。

ぞくりと背中に戦慄が走る。

妙だな。

彼は、そのあたりをしばらく泳いでみることにした。

すると、突然、ドロップオフになった。

岩が切り取られたように落ち込んでいる。中層から覗いてみて、彼は、違和感の理由に気づいた。

その海の中の崖は、表面に対して正確に九十度を成しているように見えた。それだけではない。

崖には階段状の場所があり、そこの岩もきちんと九十度で削り取られているように見えるのだ。

巨大な岩だった。

表面は平らに削られているようだ。もっとも浅い部分は水深四メートルくらい。平らな部分は水深約十メートル。最深部は二十五メートルほどだ。

これは、自然にできた地形じゃない。

彼はそう思った。

全体をつぶさに調べる前に、直感的にそれを感じ取ったのだ。それが、奇妙な違和感の理由だった。

人工物のように見える部分は、全長が百メートルほど、幅は五十メートルほどだ。

こんな巨大な人工物が、海の底に沈んでいる。

彼は仰天した。自分のうめき声を聞いていた。切り立った岩肌に触れ、階段状のあたりを泳ぎ回り、とんでもないものを見つけたと、彼は思っていた。

少女は、明け方に目が覚めた。

カーテンの向こうはまだ、青い薄闇だ。

言いしれぬ切なさを感じて、少女は思わず身じろぎをしていた。

今しがた見ていた夢のせいだった。

幼い頃から何度も見たことがある夢だ。少しずつ登場する人物や、風景が異なるが、自分がいる場所は、同じだという感覚があった。

実際に住んだことがある場所の風景ではない。

赤や黄色といった原色の大きな花が咲き乱れており、色濃い緑に囲まれている。

その様子は、故郷の八重山列島のようにも見えるが、明らかに違っている。

建物が違う。

すべての建物が石でできている。しかも、その建物は巨大だった。

だが、ふと視線を転ずると、赤い瓦の屋根が見える。故郷の風景と巨大な石の建物が夢の中で同居している。

「早く、逃げなきゃだめでしょう」

誰かが言う。

母親かもしれない。

ああ、母はまだ生きていたのかと、少女は夢の中で思っていた。ほっとしていた。

やはり、母が死んだというのは間違いだったのだ。

うれしくてたまらなくなる。

だが、母の表情は逼迫している。

「何をしているの。早く逃げなきゃだめでしょう」

母は同じことを繰り返している。

叱られたような気がして、少女は悲しい。

「だって、父さんがいない」

少女は、そう母に言い返している。

「父さんは死んだんでしょう?　いつまでそんなことを言ってるの」

そう言っているのは、すでに母ではなかった。今、彼女がいっしょに暮らしている叔母と入れ替わっている。

少女は、みんながどうしてそんなに慌てているのかわからない。

誰かが言う。

「空が落ちてくる」

少女は、言いしれぬ悲しみに打ちひしがれる。

故郷がなくなる。

八重山がなくなる。もう、故郷に戻ることはできない。

東京なんて、いやだ。

彼女は、誰かにそう訴えている。

「でも、お父さんはもういないんだから……」

誰かが少女にそう告げる。

見ると、数人の男たちが少女のほうを気にしながら、何事かこそこそと話し合っている。

ああ、また刑事が来ている。

少女がそう思ったとき、はるかその向こうに恐ろしい光景が見えた。

巨大な石の神殿の向こう側は、濃い緑色の密林になっている。

その密林よりもはるかに高いところに海があった。

山のような津波だ。

密林の上に盛り上がる津波。だが、それは遠くの山のように、陽光を受けて妙にのどかな風景に見える。

ああ、人々はこれを恐れていたのか……。

空が落ちてくると、海が持ち上がる……。

誰かが、そんなことを言っていた。

刑事たちが、津波に気づいた。

それでも彼らは、ひそひそと何事か話し合っているだけだ。

ああ、逃げなきゃ。

でも、今逃げたら、きっと刑事が追っかけてくる。

少女はどうしていいかわからず、遠くの雪山のように見える津波を見上げていた。

そこで目が覚めたのだ。

夢の中の悲しさが、目覚めても続いている。少女は、枕に顔をうずめていた。泣き出したかった。

カラスの声が聞こえる。

東京では、夜明けになるとカラスが鳴く。故郷では、さまざまな鳥の声が聞こえた。

学校に行くまで、まだ時間がある。一眠りしようと思えばできる。

だが、もう眠る気はしなくなっていた。学校もどうでもよかった。

季節は冬に向かい、朝晩が冷え込むようになっていた。彼女には、この寒さがつらい。

だが、寒さよりつらいのは、東京での孤独な生活だった。

自分の居場所がない。

東京にやってきてからは、いつもそう感じている。

小学生のときに母が病気で死んだ。それからは、父親との二人暮らしだった。

その父も死んだ。

はっきりと覚醒してくるにつれて、夢の中の悲しい気分がようやくうすれてきた。

なによ、ただの夢じゃない。

いつも見る夢だよ。

彼女は、自分自身にそう言い聞かせた。

窓の外が明るくなってきていた。

学校、どうしようかな……。

彼女は思った。

行きたくないなあ……。

1

ひどい一日だった。

事務所に戻った石神達彦《いしがみたつひこ》は、机の後ろにある椅子にどっかと腰を下ろした。机は、窓を背に座るように置いてある。

机に向かって座ると、出入り口のドアが見える。

狭い事務所だが、個人が営業している探偵事務所などどこでもこんなものだ。

右手にはファイルが並んだ棚がある。もちろん、重要なファイルは、鍵が掛かるロッカーの中にあるが、そんなものを盗もうとするやつがいないことは、先刻承知だった。棚の向こうには、小さな台所がある。左手には、パソコンがのったデスクがあった。パソコンくらいは使えるようになりたいと思い、三年前に買ったのだが、いまだにほとんど触ったことがない。

今では、助手の明智大五郎《あけちだいごろう》が代わりに使っている。明智によると、三年前のパソコンなど、もう骨董品に近いのだそうだ。コンピュータの世界というのは、どうなっているのだろうとあきれてしまう。

プータローだった明智を雇うことになったのは、二年前のことだ。

名前が気に入った。

名探偵明智小五郎より偉そうな大五郎だ。何でも、父親が江戸川乱歩の大ファンで、男の子が生まれたら、その名をつけようと決めていたそうだ。

二十代半ばの明智は、何を考えているのかよくわからない若者だ。

いや、今時の若者は、誰もが何を考えているのかわからないような気がする。

石神だって、明智くらいの年齢から見れば、立派なオジサンなのだ。

狭くて散らかっているが、ここは石神の城だ。帰ってくると、ほっとする。

特に、深夜の事務所が好きだった。昼間と違い、部屋のなかの空気がしんと澄み切っているように感じられる。

机の上のペン立てや、棚のファイルの並び、投げ出された未開封のＤＭなどが、何か秘密を語っているような気がしてくる。

その雰囲気が気に入っていた。さらに、好きなのは机の引き出しの一番下に入っているウイスキーだ。

別に銘柄にはこだわらない。近所の酒屋で買い込んでくる。だが、切らしたことはない。今日は、ブッシュミルズが入っていた。

珠玉のアイリッシュ・ウイスキーだ。

ボトルといっしょに入っているショットグラスを取り出し、ブッシュミルズを注ぐ。それを一気に飲み干した。

喉を伝わっていった液体が、胃袋で燃え上がった。しばらく、息を止めてその感触を味わい、ふうっと息をはいた。うまい。

ちょっと、アメリカの古い映画に出てくる探偵の気分に浸れる。

そうでもしなければやっていられない気分だった。

時計を見ると、すでに深夜一時を回っている。自宅は、代々木上原にある。そちらに帰ろうと思えば帰れたのだが、自然と足が乃木坂にある事務所に向いていた。

一つの事案が終わった。たいした仕事ではなかったが、ほとほと疲れた。

練馬区に住む若い女性からの依頼だった。ストーカー被害にあっているので、なんとかしてくれというのだ。

最近、とみにこの手の依頼が増えている。警察も、ストーカー対策には本腰を入れはじめたように見えるが、どうせ、本気で対応しようとはしない。

ストーカーは微罪だ。どうしても捜査員の士気は上がらない。警察庁がいくら音頭をとっても、現場の所轄ではやはり軽く見られてしまう。

警察官は忙しい。捜査員は常に複数の事案を抱えているし、帳場が立つと寝食を忘れて捜査に当たらなければならない。

微罪はどうしても後回しにされる。

その事情はよく理解していた。石神もかつて警察官だった。所轄の刑事だった。

住民が満足するような働きをするには、警察官の人数が決定的に不足している。だが、どこの地方公共団体も今以上警察に予算を割くことはできない。

その足りない分を、民間でカバーすることになる。ストーカー犯罪に関しては、民間の警備保障会社や、探偵会社がかなりの部分、対応している。

石神のような個人の探偵も、そのおこぼれにあずかれるというわけだ。民間団体だが、探偵の協会があり、仕事の斡旋をしたり宣伝をしたりしてくれる。

互いに情報を交換し合って、得意分野の仕事を回し合ったりもする。

今回の仕事も、大手の警備保障会社から回ってきた仕事だった。その会社では、石神の先輩に当たる警視庁のOBが役員をやっており、お情けで仕事を回してくれたのかとも思う。石神は、経済的に苦労していると思われているのかもしれない。

だが、この不景気なご時世で、探偵業は不況知らずだった。みんな疑心暗鬼になっている。勢い、調査の仕事が増える。

不健全だと、石神は思う。社会が不健全になればなるほど、仕事になる。

俺は、腐肉にたかる蠅のようなものだ。

そう思うこともある。

だが、考えないことにしていた。石神の働きによって救われる者もいる。

今日片づいた仕事の依頼者も、そうであってくれれば、と思った。

二十代前半の娘だ。

二ヶ月ほど前からストーカー被害にあっていた。以前、交際を申し込まれ、断った相手だった。

娘は、東北から出てきて一人暮らしだ。飲食店で働いている。

男は大学生だった。三流大学の学生だ。

交際を断った次の日から、無言電話がかかってくるようになった。メールも、日に何本も入る。

携帯電話を変えても、なぜかすぐに番号を調べ出してしまうようだった。

その手口は、探偵の石神にはすぐにわかる。郵便物や、ゴミをチェックするのだ。電話料金の領収証などをうっかり捨てると、そこから電話番号を調べ出してしまう。

電話料金の通知など、郵便物を盗み出すのはもちろん犯罪だが、封筒の糊を貼り直して、そっと戻しておけば、気づく人はあまりいない。

そして、気づいたときにはもう遅い。

ゴミからは、それを捨てた人のあらゆる行動が割り出せる。

まず、レシートの類。何月何日の何時何分に、どこで何を買ったかを知ることができる。そして、その数日間、自宅で何を食べたかも、ゴミを見ればだいたい想像がつく。

ストーカーの手口で、あたかも毎日四六時中、監視していたような内容の手紙を送りつけたり、電話でその内容を語ったりするというものがあるが、それはたいてい、本当に監視しているわけではなく、ゴミから情報を得ている場合が多い。

今回の大学生もそうだった。

彼は、つぶさに女性のゴミをチェックしていたのだ。

その様子を想像するだけでも気分が悪くなってくる。

ストーカーが間違いなくその男性であることを確認するのに、それほど時間はかからなかった。

依頼人のゴミを持ち去ろうとするところを、暗視カメラに収めた。そこまでは、たいした仕事ではない。プロの探偵にとっては朝飯前だ。

問題はその先だった。写真など証拠の物件をたずさえて、その男性と話をすることにした。

どこにでもいそうな、今はやりの男性だ。髪をやや茶色に染めている。線が細いが、どちらかというと、女にもてそうなタイプに見える。

石神は、冷静に話をした。

今、君がやっていることは、犯罪行為だ。これだけの証拠があるから、警察に行けば逮捕される恐れがある。

だが、依頼人も私も、事を荒立てる気はない。相手に迷惑をかけるのをやめればそれでいい。

相手の男は居直った。

どうせ、警察に捕まったって、ストーカーなら、最長で六ヶ月で出てこられるんでしょう?

俺、絶対に彼女をあきらめられない。あきらめるくらいなら、彼女を殺して、俺も死ぬ。

彼はそう言った。

どうせ本気でないことはわかっている。だが、最近の若者は、はずみで何をするかわからない。

それから、石神は嚙んで含めるように話をした。

女は彼女一人ではない。男らしく身を引いたらどうだという内容のことを、おそらく十通り以上の言い方で説得しなければならなかった。

持久戦だ。

男はかたくなだった。

石神は、その話し合いを通して、悟った。男は、女に惚れた。今でも好きなのかもしれない。

だが、自分の愛情を受け容れてくれないということが信じられないのだ。そして、彼女を苦しめることで快感を覚えている。自虐的な快感だ。

おそろしく子供じみている。

愛はある。だが、他人に対する愛ではない。自己愛だ。

そして、石神は男の後ろに、最近の母親の姿を垣間見た気がした。

息子を猫かわいがりにする母親。子供に試練を与えようとしない。精神的な無菌室で育てられたようなものだ。だから、最近の若者は、精神的におそろしく打たれ弱い。

失恋を受け容れることができない。

石神は、悲しみや怒りとうまく付き合っていけるようになることが人間の成長だと思っている。そういう意味でいうと、最近の若者はまったく成長していないように感じられる。

男同士、サシで向かい合えばわかってもらえると思っていた。だが、話にならなかった。最後は脅しをかけなければならなかった。

そして、二度と依頼人に迷惑電話をかけたり、つきまとったりしないという約束を取り付けた。

本当に相手が守るかどうかはわからない。約束を守らなければ、今度は警察の手を借りなければならない。

警察沙汰になれば、ようやく精神的な無菌室から出ることができるかもしれない。警察の対応は甘くはない。

男は、六ヶ月で出られると言ったが、その六ヶ月がどういうものか、彼は知らないのだ。

とりあえず、一件落着だった。

たいした金にはならなかった。精神的な疲労だけが残った。聞き分けのない子供を相手にしたような疲労だ。

石神には不得意な仕事だったのかもしれない。

ショットグラスにブッシュミルズをもう一杯注ぐと、今度はゆっくりと味わった。

朝までやっている店を知らないわけではない。なにせ、事務所は乃木坂にある。歩けばすぐに六本木だ。

だが、外に出かける気はしなかった。静かに一人で飲みたい。

ボトルには、まだ半分以上残っている。

石神は台所に行き、小さな冷蔵庫のドアを開けた。冷凍室などない冷蔵庫で、上端に鉄板で囲った製氷室がついている。

霜のたっぷりついたアルミ製の製氷皿を取り出し、氷を大きめのグラスに放り込んだ。そのグラスをデスクまで持っていき、ウイスキーを注いだ。

オンザロックにすると、また味が変わる。ようやく落ち着いた気分になってきた。一人で、こうして酒を飲んでいると、いろいろなことを思い出す。

これまでに手がけた仕事や、かつての仕事仲間のこと。そして、これまで付き合って別れた女たちのこと。

それから、さらに何杯かオンザロックを作った。

一人で飲む酒は酔いが早い。いつしか、いい気分になり、眠くなった。もう代々木上原の自宅に引き上げる気はしない。

明智のデスクの脇に来客用のソファがある。そこで眠ることにした。ソファの下が物入れになっており、そこに毛布が入っている。ぼちぼち冷え込んでくる季節だが、エアコンで暖房を入れたまま眠れば、風邪を引くこともあるまい。

最後に一杯作った。

それを飲み干す前に、石神は眠りについた。

やれやれ、ひどい一日だった。

眠りに落ちる前に、石神はもう一度、心の中でつぶやいていた。


悪夢で目覚めると、明智がデスクでパソコンに向かっていた。

「おはようございます」

明智が無愛想な顔と声で言った。

アシスタントを雇うなら、女性のほうがよかったかもしれない。寝起きに男の声を聞くというのも、いただけない。

だが、実際には、女性アシスタントは何かと気詰まりなことが多い。無愛想で何を考えているかわからないが、やはり男のほうがいろいろと使いやすい。

「何時だ？」

「もう、十時過ぎてますよ」

それは知っている。明智が事務所に出てくるのが十時だからだ。正確な時刻が知りたかった。

「十時を何分過ぎているんだ？」

「二十三分です」

依頼人に対する報告書をまとめようと思った。ソファの前にある小さなテーブルに、グラスが置いたままになっていた。

氷が融けていた。まだウイスキーのにおいがする。

「片づけておいてくれてもいいだろう」

「起きたら、飲むのかと思って」

本気で言っているのか、冗談なのかわからない。たぶん、本気で言っているのだ。

文句を言う気も失せ、石神はグラスを持って流し台まで歩いた。中身を捨ててグラスを洗う。頭が重い。

冷蔵庫に入っているミネラルウォーターをごくごくと飲み、バスルームに向かった。

「先生」

洗面台で、歯を磨き、ひげを剃ろうとしていると、明智の呼ぶ声が聞こえた。

「お客さんですよ」

シェービングクリームを顔に塗りたくった後だ。

「ちょっと待ってくれ」

そそくさとひげを剃った。どこも切らなかったのは奇跡だ。

バスルームを出ると、若い男が立っているのが見えた。

まだ、幼さが見て取れる。二十歳になっていないだろう。

石神は、ゆっくりと机の後ろに回り、椅子に腰かけた。

「私に何か用ですか？」

営業用の話し方だ。

少年は、おどおどしていた。石神は、昨日のことを思い出して苛立った。

なんだか、昨日話をしたストーカーに似ているような気がする。そう感じるだけかもしれない。年を取ったせいか、若者が皆同じように見えてしまう。

「あの……」

少年は言った。「仕事、頼みたいんですけど」

「ほう」

石神は、うんざりした気分で言った。「依頼人というわけですか……」

昨夜は少しばかり飲み過ぎたかもしれない。酒が残っていて、胃がむかむかする。もう一眠りしたい気分だ。

若者の相手は、昨日でもうたくさんだ。

「費用はいくらくらいかかるか、わからないんですけど、バイトで貯めた金があるんで……」

「費用は、仕事の内容によって変わります。まず、どんな仕事を頼みたいのか、それをうかがわないと……」

少年の身長は、百七十センチくらい。高くもなく、低くもない。痩せ形だ。というより、手足がひょろりとしている。見るからに頼りなさそうな印象がある。

髪は染めていない。中途半端な長さだ。

着ているものは、ぱっとしないセーターに目立たない色のジャンパー。それにジーパンだ。

要するに、冴えない少年だ。緊張しているのか、左右の手の指を体の前で絡み合わせている。

どこから話していいか迷っている様子だ。

「まあ、そこに腰かけて」

依頼を引き受けるかどうかは別として、客は客だ。石神は、明智にコーヒーを持ってくるように言った。

実は彼自身が飲みたかったのだ。

少年は、さきほどまで石神のベッド代わりだったソファに腰を下ろした。

明智が少年の前にコーヒーを出した。

「俺にもだ」

石神が言うと、明智は、無表情のまま台所に行き、もう一杯持ってきた。

「さて……」

コーヒーの苦みと酸味を一口味わってから、石神は尋ねた。「お名前は？」

「あの……、園田《そのだ》といいます」

「下の名前は？」

「圭介《けいすけ》。園田圭介です」

「では、園田さん。何を頼みたいんでしょう」

少年は、コーヒーに手を付けぬまま石神を見て言った。

「友達のお父さんが自殺しました」

「ほう……」

「でも、それ、自殺じゃないかもしれないんです。それを調べてもらえますか？」

「調べてどうするんだ？」

石神が質問すると、園田少年は言葉に詰まった。落ち着かない様子で目を伏せる。

言葉を待っていると、やがて、園田少年は言った。

「その人の、なんというか……、無念を晴らしてあげたいんです」

「無念を晴らす……。曖昧な言い方だな。自殺ということは、警察が調べたはずだ。それを覆すのはたいへんなことだ。警察にも面子《メンツ》があるから、おいそれと捜査の結果を改めたりはしない」

「そういうことはいいんです。あの……、でも、その人は自殺するような人じゃなかった。きっと、何かあったはずなんです。それを調べてもらいたくて……」

「難しい依頼だ。その人が自殺したというのは、いつのことだ?」

「ええと……、四ヶ月ほど前だと思います。新聞に出ていたんで、調べればすぐにわかると思います」

「新聞に出ていた?」

「ええ。第二の捏造疑惑とかいって……。沖縄のほうで……」

石神は記憶をまさぐった。

たしかに、そのような記事を読んだ覚えがある。テレビのニュースでも見た。捏造疑惑の渦中に、その学者は自殺をしたということだった。

園田圭介は、それが自殺ではなかったと言っている。それを調べろというのだ。金のかかる話だ。現場が沖縄だというのだから、調査に赴くには必要経費をもらわなければならない。交通費や宿泊費だ。

園田少年はバイトで金を貯めたというが、どの程度の金を持っているか疑問だった。

金のことばかりではない。自殺ではないとなると、事故死か他殺ということになる。いずれにしろ、自殺と断定した警察はいい顔をしない。

さきほど園田圭介に言って聞かせたことは嘘ではない。警察にも面子がある。断るに越したことはない。

「残念だが、私の手にあまるようだ」

「引き受けてはくれないということですか?」

園田少年は悲愴な顔つきになった。

「本音を言うとね、私にも立場がある。警察とあまり事を構えたくないんだ。探偵稼業は、警察から睨まれるとつらい。それに、私には、警察の調べを覆すような力はない」

「警察は本気で調べてくれなかったんです」

「どうしてそんなことがわかる?」

「その……」

また口ごもった。「友達がそう言ってました」

「その友達というのは、何者だ?」

「娘です」

「娘? 誰の?」

「仲里《なかざと》博士のです」

「仲里博士？　自殺した学者のことか？」

「そうです」

「その娘と知り合いなのか？」

「高校の同級生です」

石神はひそかにうめいた。

若者は嫌いだ。昨日、ようやく若者から解放されたばかりだ。

できれば、しばらくは、浮気調査や素行調査などの楽な仕事をやっていたい。それで金になれば御《おん》の字だ。

沖縄まで行き、警察の決定をつついて歩く。依頼人は少年で、金にはなりそうにない。そんな仕事は、願い下げだった。

「なぜ、そのなんとか博士の娘さんじゃなくて、君が依頼人なんだね？」

園田圭介は、おろおろとした態度でうつむいた。顔が紅潮している。

「なぜって……」

言葉を探している。顔を上げた。「とにかく、僕が依頼人なんです」

こたえになっていない。

だが、話の流れや園田圭介の態度から、おおよその事情は察しがついた。

おそらく、娘は父親が自殺したという事実を受け容れることができないのだろう。誰だってそうだ。身内が自殺したなどということを信じたくはない。

園田圭介は、その娘のことが好きなのだ。落ち込んでいる娘をなんとか勇気づけようとしているに違いない。

沖縄県警だって、ばかじゃない。捏造疑惑で注目されている学者が死んだとなれば、慎重に調べたに違いない。

警察が本気で調べなかったというのは、娘の思い込みに過ぎないと石神は思った。園田圭介は、その思い込みを信じただけなのだ。

信じようとしているのかもしれない。娘に好かれたいからだ。

子供たちの恋愛沙汰のために利用されるのはまっぴらだった。

「そういう依頼は受けられない」

「どうしてですか？　ここなら調べてくれると思ったのに……」

その言い方が気になった。

「なぜ、そう思ったんだ？」

「ここは、前に、ピラミッドやＵＦＯなんかに関係あった殺人事件を解決したって……」

「どこでそんなことを聞いたんだ？」

「インターネットで見ました。だから、きっと仲里博士のことも調べてくれると思って……」

インターネットか……。

石神は、苦い表情になった。昔は探偵のやったことなど、決して世の中に知られることはなかった。

もちろん新聞には載らないし、テレビのニュースでも取り上げない。週刊誌ですら相手にしないのだ。

だが、世の中は変わった。インターネットというのは、ありとあらゆるレベルの情報が行き交っている。

たしかに、かつて、そのような事件に関わったことがあった。

奇妙な事件だった。殺人事件と園田圭介は言ったが、石神は人捜しを依頼されて、それをやり遂げただけだ。

「それと、仲里博士とどういうつながりがあるんだ?」

「仲里博士は、沖縄あたりの海の底にある遺跡や、石板なんかを調べていたんです」

「それで……?」

「超古代遺跡です。それが海の底にあるんです」

「君は、私がオカルトマニアか何かだと思っているのか? だとしたら、大きな勘違いだ。私はただの探偵だ。たしかに、以前、ピラミッドだのＵＦＯだの神の正体だのといったことが絡んだ事件に関わった。だが、それは成り行き上そうなっただけだ。第一、私はそのとき人捜しをしただけだ」

園田圭介は明らかに落胆していた。

石神はその様子を見て、少しばかり同情しかけた。

いかん、いかん……。

情にほだされると、ろくなことはない。

「彼女は石垣島出身なんです」

園田圭介が勝手に話しはじめた。「お母さんが小学生の頃に亡くなり、お父さんと那覇で二人で暮らしていたんです。お父さんは、彼女の数少ない理解者の一人でした。でも、そのお父さんも亡くなった。今、東京の親戚に預けられているんですが、あまりうまくいってないらしくて……。東京の学校にも馴染めないんで、学校もよく休みます」

「かわいそうだと思うが、それは世の中にはよくある話なんだ」

「今のままだと、あの子、だめになっちゃいます。助けてやりたいんです」

「助けたいなら、君がやるんだ。私は関係ない」

「だから……」

園田圭介は必死の形相だ。「だから、僕が依頼人となって、仕事を頼みたいんです。僕の力ではどうしようもありません」

「私は力になれない」

「調べてくれるだけでいいんです。自殺じゃなかったと、証明する必要はないんです。いったい、仲里博士の身に何が起きたのか。それを知るだけでも……」

「遺跡の発掘か何かで捏造をした。それが暴露されて立場が悪くなり、自殺した。それが事実だ」

「僕はそうは思いません」

石神は、園田圭介のきっぱりした口調にちょっとばかり驚いた。頼りなさげに見えた少年が、初めて断言したように感じた。石神はふと興味を覚えた。

「その根拠は？」

「仲里博士の研究には、世界中が注目していました。博士が死んだので、その方面の研究が一気に何年も後退してしまったんです」

「その方面の研究というのは、沖縄の海底の遺跡だと言ったな？」

「そうです」

「海底に遺跡なんてあるのか？」

「巨大な遺跡がいくつも見つかっています。仲里博士はそれが、一万年以上前の文明のものだと考えていました」

「一万年以上前……。どこかで聞いたような話だな……」

それまで無言で話を聞いていた明智がぼそりと言った。

「神の文明ですよ」

石神は何も言わず、明智を見た。

「ピラミッドなんかにも関わる、オーパーツの謎です」

明智は言った。「シュメールで人類最初の文明が生まれたとされていますが、それ以前に高度な文明が一度滅んだ……。その文明の記憶が神と呼ばれるようになったんです」

園田圭介はぱっと明智を振り返った。

「そうです。超古代文明の住人は、自分たちの文明が滅びる前に、正確な天文学の知識を後の文明に伝えようとしたんです。その一つがギゼのピラミッドなどです」

明智はうなずいた。

「ギゼのピラミッドには、構造物の比率としてさまざまな数字が隠されている。円周率や黄金分割……。そして、歳差運動を示す25920という数字から割り出されるさまざまな数字……。それは、聖書や仏典などに伝えられた。666や72、144といったキリストの言葉の中にちりばめられている数字は、すべて、この歳差運動の一周期を示す25920という数字から割り出されている……。我々の文明に残された宗教というのは、超古代文明が残した正確な天文観測に関わる数字だった。そう。神は数字だった」

園田少年の眼はますます輝いてきた。

「そうです。そして、その超古代文明が滅んだとされるのは、紀元前約一万一千年です。もしかしたら、沖縄の海底遺跡は、そうした超古代文明が残したものなのかもしれません」

石神は、そうした話を聞いても驚きはしなかった。

明智が言ったことは、以前関わった事件に関連して得た知識だ。石神は、知識を再確認していた。

今では、一万年以上前に進んだ文明が存在していたということを、信じているかもしれない。

いや、正確に言うと、そんなものが実際にあろうがなかろうが、どうでもよかった。来月の家賃がちゃんと払えるかということのほうが、石神にとってはずっと重要だ。

「君は、ピラミッドの秘密だとか、超古代文明だとかいう話が、好きなのか？」

「はい。昔から好きでした。だから、この探偵事務所のことも知っていたんです」

「ミステリーサークルとか、ストーンヘンジとか……」

「はい」

マニアか……。

石神は、心の中で溜め息をついていた。

「沖縄の遺跡が超古代文明のものだとしたら、これは、すごいことになるんです」

「何がどうすごいんだ？」

明智が言った。

「ムー大陸ですよ」

園田圭介は、またぱっと明智を振り返った。その表情は、安堵と喜びに満ちている。思わぬところで、同志に出会ったという気分なのだろう。

「そうなんです」

園田少年は言った。「その伝説の遺跡が、沖縄にあるかもしれない。この日本にあるんです」

石神も、さすがにムー大陸という名前は知っていた。

大昔に太平洋にあった巨大な伝説の大陸だ。一夜にして海中に沈んだといわれている。

石神が知っているのは、そこまでだ。

アトランティスとの区別もついていない。

「それで、あんたの本当の目的は？」

明智が園田少年に尋ねた。

石神は黙っていた。マニアの話にはついていけない。

園田圭介が言った。

「仲里博士の無念を晴らしたいんです」

「研究を何者かに妨害されたと考えているわけだ」

「そうかもしれません」

「研究を妨害？」

思わず、石神は言葉をはさんだ。「いったい、何のために……」

「わかりません。それを調べてほしいんです」

「さっきと言ってることが違うじゃないか。君は、仲里とかいう学者が自殺したのかどうかを調べてほしいと言ったんだ」

「同じことです。おそらく、仲里博士の死の原因を調べていくと、何者かが研究を妨害していたかわかるはずです。そして、その理由も……」

「それを調べてどうするんだ？」

「だから……」

園田圭介は、じれったそうに言った。「仲里博士の無念を晴らすんです」

「娘さんがそれを望んでいるというわけか？」

園田圭介は、一瞬口ごもった。

「ただ、望んでいるというだけじゃない。それが彼女を救うことになるんです」

「どういう意味だ？」

「言ったとおりの意味です」

園田圭介はそれ以上説明しようとしなかった。

突然、明智が言った。

「引き受けましょう」

石神は驚いて明智を見た。

「おい、何を言うんだ。仕事を引き受けるかどうかを決めるのは俺だ」

「でも、これ、引き受けたほうがいいですよ」

「俺はそうは思わない」

「理由は？」

「第一に金がかかりそうな仕事だ。失礼だが、その少年にそれだけの金が払えるとは思えない」

明智は、園田圭介を見て言った。

「どのくらいのお金の用意がある？」

「貯金が五十万ほどあります」

石神は驚いた。最近の高校生は、そんなに金を持っているのか。

明智が石神に言った。

「いくらなんでも、五十万はかかりませんよね」

「第二に」

石神は言った。「仕事の内容がはっきりしない。その博士が自殺だったか、そうじゃなかったのか調べ直すというのが依頼の内容なのか、誰かが研究を妨害していたかどうかを調べるのか……。それによって、仕事の内容も変わってくる」

明智はうなずいて、園田圭介に言った。

「仕事の依頼内容をしぼってほしい」

「依頼内容をしぼるって……」

「一言で言ってほしいってことさ」

園田圭介はちょっと考えてから言った。

「仲里博士の無念を晴らしてほしいんです」

明智は石神を見た。

「どうです?」

石神は、かぶりを振った。

「よけいに漠然としてきたじゃないか」

「そうですか?」

「どうか……」

園田圭介が深々と頭を下げた。「どうかよろしくお願いします」

捏造疑惑を報道され、自殺したと思われている学者。それが、もし事実でないとしたら、たしかに、無念だっただろう。

事実を調べること。それが探偵の仕事には違いない。

石神は明智に尋ねた。

「どうしておまえは、この仕事を引き受けるべきだと思うんだ?」

「コーポレート・アイデンティティーです」

えらく懐かしい言葉だ。かつて、CIという略語でもてはやされた。たいていは、企業のイメージアップという意味合いで使われた。

「どういう意味だ?」

「石神探偵事務所は、以前、オーパーツに関係した事件に関与しました。今回の依頼も、ちょっとばかり似ています。そういう事件を解決すれば、PR効果は抜群です」

「PRの必要などない。今でも充分に食っていける」

「上を目指すべきじゃありませんか?」

「よけいなレッテルは貼られたくはない。しかもオカルトじみたレッテルは迷惑だ。別に俺の得意分野じゃないんだ」

「世の中、差別化の時代です。同業他社とどこが違うのか、人々にはっきりアピールした会社が生き残るんです」

「会社じゃない。俺の個人営業だ」

「同じことですよ」

「あの……」

園田圭介がおずおずと声をかけた。「引き受けてもらえるんでしょうか」

「それを今、話し合っているんだ」

明智は肩をすくめた。

「僕は事務所のためを思って言ったんです。好きにしてください」

明智は普段無口で何を考えているかわからない分、話し出すと説得力がある。好きにしろと突き放されると、逆にちょっと気になってくる。

石神は園田少年を見た。

不安げに、石神と明智の顔を交互にながめている。その様子が哀れだった。話してみてわかった。彼には、最近の子供にしては珍しいひたむきさがある。

好きな女の子に気に入られたい一心なのかもしれないが、とにかく、他人のために何かをしたいという気持ちは評価できる。

すぐに他人に同情してしまう。

それが自分の欠点であることはよく心得ていた。だが、石神くらいの年齢になると、欠点もその人の持ち味であることがわかってくる。

つまり、頼まれて嫌と言えないのは、石神の持ち味なのだ。

「依頼の内容がはっきりとしない」

石神が言うと、園田圭介が何か言おうとした。どうせ、言い訳だ。

石神はそれを制して言った。

「だから、俺にはどこまで依頼人の要求にこたえられるかわからない。それでもいいというのなら、引き受けよう」

園田圭介の顔がぱっと輝いた。

石神は、つとめて事務的な態度で言った。

「彼は明智という。彼が、依頼に関しての手続きをする」

「はい」

「手続きが済んだら、声をかけてくれ」

石神は椅子を回して、彼らに背を向けた。背もたれに体をあずけ、前にある棚に両足をのせた。

五分でいいから眠りたい気分だった。

2

手続きが済むと、石神は、園田圭介に言った。

「仲里博士の娘とやらに会いに行こう」

園田圭介は驚いた顔をした。それから、戸惑った様子を見せた。

どうやら、娘には内緒で仕事を頼みに来たらしい。

彼女に秘密のまま仕事を進めることはできないと、園田圭介に説明した。彼女が一番情報を持っているはずだ。

「どうしても会わなきゃなりませんか？」

「会わなきゃならない」

石神は言った。「それも、何度か会うことになるだろう」

園田圭介は考え込んだ。

何か、学者の娘に会わせたくない理由でもあるのだろうか。

そのとき、石神はもう一つのことに気づいた。

「その娘さんと、学校の同級生だと言ったな？」

「はい」

「今日は、木曜日だ。学校はどうした?」

彼は私服を着て事務所に現れた。学校が休みだとは思えない。

「探偵事務所は、土日は休みかもしれないと思って、学校を休んで来ました」

石神が学生の頃は、学校を休むというのは、ちょっとした冒険だったような気がする。

そういえば、学者の娘も、ちょくちょく学校を休むというようなことを、園田圭介は言っていた。

最近は、高校生が学校を休むことにそれほど抵抗はないのだろうか。

バックレという言葉を聞いたことがある。そういう言葉が一般化するほど、学校をさぼる学生がいるということだ。

「じゃあ、彼女は今、学校に行っているということか?」

「さあ、どうでしょう。休むことが多いですから……」

「夜なら家にいるだろうな」

「それもどうか……」

「どういうことだ?」

「彼女、学校も家も嫌いなんです。東京が嫌いなんですよ」

だいたい想像はつく。

不幸を一身に背負った気になっている少女。自分が世界で一番かわいそうだと思っているに違いない。

「どこかでつかまえられないのか？」

園田圭介は、考え込んでいる。だが、それは考えている振りをしているだけだ。元刑事で探偵の石神は、相手の心理を読むことには自信がある。

園田圭介が何か言うのを待つことにした。助け船は出さない。

やがて、彼は言った。

「夜なら、よく行く店を知っています」

「店……？」

「クラブみたいなところです」

クラブのブにアクセントがある。つまり、ダンスミュージックがかかっている店だ。

一時期、どこに行ってもクラブだらけだったが、最近はすっかり下火になっている。残った店はそれなりにまだ人気があるのかもしれない。

「じゃあ、今夜、そこに行ってみよう」

「僕もいっしょに行くんですか？」

「案内してくれないとな。それに、俺は、その学者の娘の顔も名前も知らない」

「麻由美《まゆみ》です。仲里麻由美」

「じゃあ、今夜、もう一度、ここに来てくれ。八時頃がいいだろう」

「あの……、夜外出すると、親がうるさいんですが……」

「学校さぼるのは平気なんだろう。なんとか出てこいよ」

園田圭介は、また考え込んでいる。今度は本当に考えているようだ。煮え切らないやつだ。

「じゃあ、八時にな……」

話は終わったということを告げた。

園田圭介は、ぎこちなくソファから立ち上がり、小さく頭を下げると事務所から出ていった。

何か言いたそうにしていたが、これ以上彼の話に付き合うのはごめんだった。

「おい」

園田圭介が出ていくと、石神は明智に声をかけた。「仲里という学者について、資料を集めてくれ。新聞記事だのインターネットのホームページだの、とりあえず手に入るもの、全部だ」

「もうやってます」

明智は、パソコンに向かって、さかんにマウスを動かしていた。

かわいげのないやつだ。

石神は、あくびをし、伸びをした。

園田圭介がやってくる時間まで、何もすることがなかった。明智は、まだパソコンに向かっている。

新聞社のデータベースにアクセスして記事をプリントアウトしている。便利な世の中になったものだ。昔は、図書館などに足を運んだものだった。

石神は、机の上にある電話に手を伸ばした。受話器を取ってボタンを押す。警視庁の中西良三《なかにしりょうぞう》警部の携帯電話の番号だった。

中西は、今は警視庁捜査一課の管理官をやっている。かつて、石神は中西と組んでいたことがある。

石神が刑事になりたての頃で、中西が部長刑事だった。

呼び出し音五回で相手が出た。

「はい。中西」

「ご無沙汰してます。石神です」

「おう。石やんか。いつぞやは、世話になったな」

「今、電話、だいじょうぶですか?」

「ああ。でかい事件《ヤマ》もない。珍しく暇だよ」

「中西さん、沖縄県警に知り合いはいませんか?」

「なんだ?　ただで俺のコネを使おうというのか?」

「金を渡したりしたら、贈収賄になりかねない」

「すぐには思いつかんな。沖縄で何があった？」

「探偵には、医者や弁護士と同じで守秘義務がありましてね」

「そんな話は初耳だな。刑事は、好奇心が旺盛なんだ」

「ちょっとした調査依頼ですよ。たいしたことじゃありません」

「たいしたことじゃないのに、県警のやつを紹介しろというのか？」

「トラブったときの用心ですよ。向こうの警察に知り合いがいれば、何かと心強い」

「なんで東京の探偵が、沖縄くんだりの調査をしなきゃならんのだ？」

「どんな仕事だって引き受けますよ。でないと、食っていけない」

それが、高校生の、わけのわからない依頼でもな……。

石神は自嘲気味に心の中でつぶやいていた。

「俺には心当たりはないが、ちょっとあたってみる」

「恩に着ます」

「口だけだろう」

電話が切れた。

明智が、A４判の紙の束を持ってやってきた。資料をプリントアウトしたものだ。

ごくろう、と口の中でつぶやいて資料に眼を通しはじめた。まずは、基礎知識だ。

データベースから抜き出した新聞記事というのは、味けがないものだ。見出しも本文も同じ大きさ、同じ字体の文字で書かれているので、インパクトがない。

新聞というのは、いかに視覚的な効果が大きいかということがよくわかる。たいていは、大きな見出しだけで出来事を知るのだ。

自殺したとされる学者のフルネームは、仲里昇一《しよういち》。享年四十九歳だ。学者としては、まだまだこれからという年齢だろう。

琉央大学理学部の教授で、地球科学という聞いたことのない学科で教鞭をとっていた。

捏造疑惑は、六月に地方紙がすっぱ抜いた。

何でも、沖縄本島の北端で、海底の鍾乳洞が発見されたらしい。それは、宜名真《ぎなま》海底鍾乳洞と呼ばれている。

それは、ただ単に海底にある鍾乳洞というだけでなく、かつては陸上にあり、大昔に海底に沈んだことが、鍾乳石や石筍《せきじゆん》から見て明らかだという。

その海底鍾乳洞の中には、空気がたまっているエアドームもある。また、人為的な細工が施された痕跡と思われる部分もあるという。

宜名真海底鍾乳洞の中から、ウミコオロギが発見されたが、それは、目が完全に退化していた。

そのことから、おそらくその鍾乳洞が海底に沈んだのは、一万年以上前のことと考えられているそうだ。

また、一万年以上前か……。

紀元前一万一千年。それは、石神にとっては馴染みの年代だ。

超古代文明が滅んだとされる年代だ。原因は、彗星か巨大隕石の衝突。

それは、大陸を一気に突き動かすほどの衝撃で、地球上のあらゆる文明を一瞬にしてなぎ倒すに充分だった。

そう主張している人々が、世界各国に何人もいるのだ。

宜名真海底鍾乳洞が、一万年以上前に海底に沈んだというだけなら、まあ、誰も大騒ぎはしない。何らかの原因で海面が上昇したのだ。氷河が融けはじめたからという学者もいるだろう。

一部の学者や科学ジャーナリストが信じているように、彗星か巨大隕石の衝突が原因と考えてもいいかもしれない。

だが、その鍾乳洞の中から文明の痕跡が見つかったとなると、話は別だ。一万年以上昔に、その洞窟を含む一帯に文明が存在していたことになる。

その痕跡を見つけようとしていたのが、仲里昇一教授だった。

そして、調査の過程で一枚の石板が取り沙汰された。その石板には、ぎっしりと絵文字のようなものが刻まれていた。

同様の石板が、沖縄本島から出土している。いまだにそれらの絵文字は解読されていないらしい。

それと同様の物が、海底鍾乳洞の中で見つかったと報道された。

園田圭介が言ったとおり、これまで、沖縄周辺で海底遺跡と思われるものがいくつか発見されている。だが、海底遺跡ではっきりとした文明の痕跡が発見されたことはなかった。

絵文字が刻まれた石板が、宜名真海底鍾乳洞から発見されたということは、初めて海底遺跡から文明の痕跡が発見されたことを意味していた。

だが、それが捏造だとある地方紙が報道したのだ。その証拠として、調査にたずさわったダイバーの証言が掲載されていた。

仲里昇一教授は、捏造疑惑をきっぱりと否定していた。いや、不思議なことに、教授は、石板を発見したこと自体を否定したのだ。

だが、疑惑をきっかけに、いっせいにコメントを述べはじめたのが、考古学の権威たちだった。

考古学者は、紀元前一万年以上前というのは、旧石器時代の終わりであり、文字を刻むような文明は生まれていないと主張した。

それが、学界の常識というやつらしい。

考古学者の攻撃に、仲里昇一は劣勢に立たされることになる。

仲里昇一が死んだのは、捏造疑惑報道から一ヶ月ほど経った頃、つまり、七月の半ばだった。

海底鍾乳洞のある海辺の断崖の下で遺体が発見された。

警察は、付近の状況や、遺書とも思える絶望的な文章が見つかったことから、自殺と断定した。

捏造疑惑は、本人の死によって藪の中となった。だが、大筋の新聞の論調は、本人が死によって捏造を認めたという方向に傾いていた。

それが、事件のあらましだ。

新聞記事からは、遺体が発見されたときの詳しい状況はうかがいしれない。どうせ、警察の発表を鵜呑みにして記事にしただけなのだろう。

だが、記事を読みあさったかぎりでは、自殺は動かしがたい事実のように思える。原因もはっきりしている。

学者にとって、資料や発掘の捏造という疑惑は致命的だろう。未来を完全に絶たれたことを意味している。

難儀な世界だな。

石神は思った。たった一度の過ちが命取りになる。

大昔の石板が何だというのだろう。石神はついそう考えてしまう。

歴史が変わったからといって、この先の人類の行く末が変わるわけではない。第一、歴史などというのは、いい加減なものだ。誰も見たことがないのだ。

何かが発見されるたびに、歴史は書きかえられる。人々は、たかだか五百年前のことさえ正確にはわからないのだ。

石神は資料を放り出した。

明智は、まだパソコンと睨めっこをしている。

「まだ何か調べているのか？」

「ええ」

明智は、顔をパソコンのディスプレイに向けたままこたえる。「仲里教授が何か本を出していないか検索をかけているんです」

「熱心だな」

「必要な情報だと思いますよ」

「結果は見えているような気がする」

「そうですか？」

パソコンを見つめたままの生返事だ。

「こりゃ、自殺だよ」

「そうかもしれませんね」

「なら、俺のすることはない」

「でも、いちおう調べてみないと……」

「ああ、仕事だからな」

石神は溜め息をついた。「おまえのせいで引き受けることになった、あまり気の進まない仕事だが、仕事は仕事だ」

「へえ、どちらかというと、地質学が専門なんだ。理科系の教授なんですね。考古学者と折り合いが悪いはずだ」

皮肉はあっさりと無視された。

「考古学者と折り合いが悪いって？　どうしてそんなこと知ってる？」

「新聞に書いてあったじゃないですか。捏造疑惑が起こったとたんに、考古学者たちが鬼の首を取ったように次々とコメントを発表してます」

「なるほどな……。それで、考古学者と折り合いが悪いってことが、何か意味があるのか？」

「さあ、わかりません。考えるのは先生の仕事ですよ」

電話が鳴った。

警視庁の中西からだった。

「俺の同期で、沖縄県警に親しい者がいるというやつがいる。会ってみるか？」

「そいつはありがたいですね」

「今から、こっちに来られるか？」

「うかがいます」

石神はすぐに出かけることにした。現地に出かける際にツナギは大切だ。特に、警察から情報を得ようと思ったら、協力者が必要だ。

警察を敵に回すことだけは避けたい。警察のことを知り尽くしている石神だからこそ、そう思うのだ。

警視庁は懐かしかった。

一階の受付には、制服の警官が立っている。中西の名を受付に告げて、連絡を取ってもらった。

上へ上がってこいと言われた。

低層用のエレベーターに乗り、六階へ行く。独特のにおいがする。警察のにおいだ。汗くさい男たちのにおい。ストレスを溜めた人間が発する独特のにおい。

管理官の中西の席へ行くと、中西はすぐに内線電話をかけた。

やってきた男は、警備部の制服を着ていた。

「紹介する。第一機動隊の元橋《もとはし》だ。こちらは、石神。かつて、私と組んでいた。今は私立探偵だ」

元橋は、機動隊らしくたくましい体つきをしている。だが、管理職とあって少々太り気味だった。

中西は飄々とした初老の男だ。痩せ形で白髪が目立つ。いかにも人のよさそうな見かけをしているが、実はそれが曲者なのだ。

中西と石神は、かつて綾瀬署にいた。

綾瀬署は警視庁の所轄の中でも最も多忙な署といわれている。休む間もなく事件が起きる。まさに地獄の最前線だ。

中西は、その綾瀬署で地獄の番人と呼ばれていたこともある。

「あっちで茶でも飲みながら話そう」

中西は、小さな応接セットを指差した。

「いえ、沖縄の方を紹介していただけるだけでけっこうです」

「まあ、そう言うな。久しぶりに会ったんだ。おもしろい話でも聞かせてくれ」

「おもしろい話なんて、そうそうあるもんじゃないですよ」

「とにかく、座って話をしよう」

石神は仕方なく、中西に従った。

中西と元橋が並んで、石神の正面に座った。なんだか、取り調べを受けるような気分になった。

中西が声をかけると、若い警察官が茶を運んできてくれた。

うまそうに茶をすすると、中西は言った。

「それで、沖縄で何をしようってんだ？」

「ちょっとした調査だと言ったでしょう」

「そう構えるなよ。世間話だよ、世間話」

石神は、思わず顔をしかめた。

のこのこ警視庁にやってきたのが間違いだった。中西は、話を聞きたがっている。好奇心を持った刑事ほど始末に負えないものはない。

話すしかない。こうなれば、逆に利用させてもらう手もあるかもしれない。

「七月に自殺した人がいましてね」

「沖縄でか？」

「そう。その関係者が、本当に自殺だったかどうか調べてくれと……」

今度は中西が顔をしかめた。

「そいつは無茶だ。石やんだって知ってるだろう。七月だって？　日が経ちすぎだよ。現場を見てるわけじゃないんだろう」

「実況見分調書をつぶさに調べれば、何かわかるかもしれない」

「だから無茶だと言ってるんだ。調書を外の人間に見せるはずないだろう」

「情報開示の時代ですよ」

「警察は特別だよ」

「依頼を引き受けたからには、形だけでも仕事をしなけりゃ……」

中西は、急に興味を失った様子だった。

あたりまえだ。今さら、警察が断定した事実を、たった一人の探偵が覆すというのは、中西が言うとおり無茶な話なのだ。

中西は元橋にうなずきかけた。

元橋は、厳しい表情で石神に言った。

「紹介することは紹介するけどね。くれぐれも先方に迷惑をかけないように気をつけてくれよ」

元橋は、いっしょに働いたことがある中西とは違って、石神を外の人間として接している。

「はい。充分に気をつけますよ」

石神が言うと、元橋はメモ用紙を取り出した。名前と携帯電話の番号が書いてある。

「島袋《しまぶくろ》基善《もとよし》。県警の捜査一課長をやってる」

「本部の課長ですか?」

「そうだ」

偉いさんだ。まあ、元橋は管理官の中西と同期だから、その知り合いとなると、やはり同じくらいの年輩なのだろう。

「先方を訪ねるときは、私に一報くれ。電話しておく」

元橋はそう言って、そのメモとともに、自分の名刺を取り出した。

石神は礼を言った。

「これから寒くなるからな……」

中西が言った。「沖縄は暖かくていいな」

石神は、なんだか急に居心地が悪くなった気がした。慣れ親しんだ警視庁のはずだ。だが、すでに自分はよそ者だ。それが実感できた。

一刻も早く立ち去りたかった。

「機会があったら、一杯やろう」

その中西の一言を潮に、石神は立ち上がった。

3

約束どおり、園田圭介は八時に事務所にやってきた。

明智は、六時に事務所をあとにした。滅多なことでは残業はしない。実にクールだ。

石神は、園田圭介が来るまでプリントアウトされた新聞記事などの資料を、もう一度眺めていた。

圭介は、昼間と同じ恰好をしていた。とてもおしゃれとはいえない。

「当時の新聞記事を調べてみた」

石神は言った。「自殺を疑う要素は、記事からは見つからない」

「それで調査が終わりというわけじゃないんでしょう?」

「もちろんだ。依頼内容の背景を調べたに過ぎない。本格的な調査はこれからだ。さ、出かけようか」

石神は圭介と二人で渋谷に出た。ウイークデイだというのに、ハチ公前の交差点のあたりは、若者でごったがえしている。

コートを着ないとつらい季節だが、少女たちは、短いスカートで太ももをむき出しにしている。

寒さよりファッションなのか。だが、彼女らが愛用しているレッグウォーマーは、かなりの防寒効果があるという。女子高生のルーズソックスも同様だ。

意外と理に適ったファッションなのかもしれない。

それにしても、人の多さにはうんざりする。圭介は、交差点を渡り百軒店《ひゃっけんだな》のほうに向かった。ホテル街に進む。

「おい、なんだか妙な雰囲気になってきたな……」

「ここから東急本店に抜ける途中に、そのクラブがあるんです」

やがて、圭介はある戸口の前で立ち止まった。

「実は、僕もまだ入ったことがないんです」

「それでも、場所を知っていた」

圭介は、ぎこちなく肩をすくめた。

「ストーカーとかじゃないですよ」

何度か仲里麻由美のあとをつけたことがあるという意味だろう。

「ストーカー？　その話はたくさんだ」

店の中に入ると、まずレジカウンターのようなものがあった。そこで、入場料を取られる。

一階は、ちょっとしたバーの雰囲気だ。照明は暗く、壁は黒一色だ。

右手に、コインロッカーが並んでいる。殺風景で居心地が悪い。そう感じるのは、年のせいだろうか。

いや、と石神は思った。

趣味の問題だ。

ニューヨークあたりの最下層階級の真似事がなぜ楽しいのか、石神には理解できない。日本の若者は、彼らに比べれば、おそろしく豊かなはずだ。

本当にヒップホップに憧れるのなら、ホームレスのような暮らしを続け、麻薬や覚醒剤を巡るトラブルで銃撃戦が日常茶飯事という体験をすればいい。

たった数ドルのために人を殺すような生活を体験してみればいい。

たぶん、一時間ともたないに違いない。かっこうだけを真似たいのだ。それもいい。日本という国はそういう国だ。若者たちだけの問題じゃない。

ひょっとしたら、この俺もそうかもしれない。石神はふとそう思った。

探偵になるときに、フィーリップ・マーロウやサム・スペイドが脳裏に浮かばなかったと言えば嘘になる。

「仲里麻由美はいるか?」

石神は圭介に尋ねた。圭介は、バーフロアを見回している。首を横に振った。

「下かもしれません」

螺旋階段を下ると、ダンスフロアになっていた。

ここも殺風景だ。スタンドバーがフロアの一角にあるだけだ。やはり、壁は真っ黒に塗られている。照明は薄暗い。

店はそれほど混んではいない。

やはりブームが去ったからなのか。それともまだ時間が早いのだろうか。

おそらくその両方だろうと、石神は思った。

「今日は来てないみたいですね」

圭介が済まなそうに言った。

何でも自分のせいだと感じてしまうタイプかもしれない。何に関しても、「関係ねえよ」「知ったこっちゃねえよ」という態度の若者よりは好感が持てる。

「そうあせることはない」

石神は言った。「一杯やりながら待つ手もある」

店の中は、単調なリズムのダンスミュージックが大音響で流れている。時折、ラップが入る。

「今はハウスやテクノの店のほうが、客が入るんですが、ここは、ずっとヒップホップなんだそうです」

間がもたなくなったのか、圭介が説明した。石神は、ハウスもテクノも区別がつかない。

「店に入ったこともないのに、そういうことは知っているんだな?」

「友達から聞いたんです」

ちょっとふてくされたように、ふくれっ面で言った。照れているらしい。

石神はバーでコーラとビールを買った。コーラを手渡すと、圭介は小さな声で「すいません」と言った。

「七月に父親が亡くなった」

石神はビールを一口飲むと、店の一階フロアの中を眺めながら言った。「彼女は、それからすぐに東京にやってきたのか？」

圭介はうなずいた。

「そうだと思います。転校してきたのは、夏休み明けです」

「すると、彼女との付き合いは二ヶ月ほどということか」

圭介は慌てた様子を見せた。

「付き合ってなんかいません」

「知り合ってからという意味だ。付き合いたいのか？」

圭介は落ち着かない様子で、コーラを一口飲んだ。それから、言った。

「彼女の理解者になりたいだけです」

その言い方が気になった。

圭介が、理解者という言葉を使うのは二回目だ。最初は、父親が彼女の数少ない理解者の一人だと言った。

その理由を尋ねようか考えていると、圭介が言った。

「あ、来ました。彼女です」

店の出入り口のほうから、髪の長い少女が入ってくる。癖のない髪を真ん中で分けて背中に垂らしている。

大きなアーモンド型の目が特徴的だった。くっきりした二重だ。口は小さいが、肉感的な唇をしている。愛くるしい顔立ちだ。

圭介が熱を上げるのも無理はない。たしかに美少女だ。

飾り気のない服装をしている。ウエストまでの革のジャンパーにストレートのジーパン。赤いマフラーを巻いている。髪も染めていないし、化粧っけもない。

それでも目立っていた。素材で勝負という感じだ。現代では少数派といえる。

ただ単に顔立ちが美しいだけではない。不思議な印象があった。最初はその理由に気づかなかった。

だがすぐに、彼女の視線のせいだと気づいた。仲里麻由美は、まっすぐに前を見たまま進んでくる。

人はたいてい、店に入ったとき、中の様子を見るために視線をあちらこちらに走らせる。馴染みの店であっても、そういう行動を取るものだ。

だが、彼女は店にどんな人がいようがまったく気にしない様子だ。それが、神秘的といってもいいような独特の雰囲気を感じさせる。

圭介は、声をかけるのをためらっているように見える。

彼女がフロアの隅の席に腰を下ろすと、石神は歩み寄った。圭介がすぐ後ろについてくる。

仲里麻由美は、石神を見た。見知らぬ男が近づいていけば、誰でも警戒心を露わにする。だが、彼女はまったく警戒する様子を見せなかった。

すぐに仲里麻由美は圭介に気づいたようだった。それでも、特別な反応を見せなかった。表情を変えずに、石神を見ている。

「仲里麻由美さんだね？」

「そうだけど……？」

「彼を知ってるね？」

石神は、親指で圭介を指し示した。仲里麻由美が圭介をちらりと見てうなずいた。その視線に親しみは感じられない。

圭介が相手にされていないのは明らかだと、石神は思った。

「私は、石神達彦。探偵をやっている。園田君から依頼を受けた」

仲里麻由美は、黙って話を聞いている。その表情には戸惑いも不安も疑問も浮かんではいない。

手応えがまるでない。石神は話を続けることにした。

「あんたのお父さんが亡くなった件を調べてくれと言われた。私はその仕事を引き受けた」

「そうじゃない」

圭介が言った。「僕の依頼内容は、仲里博士の無念を晴らしてくれということだよ」

石神は、仲里麻由美を見たままうなずいた。

「そう。彼はそう私に依頼した。そこで、あんたに話を聞きたい」

「何が訊きたいの？」

「お父さんは自殺だったということだが、それについて、あんた、どう思う？」

隣で圭介がはっと石神を見たのが、視界の隅に見えた。無神経な質問だと思っているだろう。

だが、そんなことを気にしていては、探偵はつとまらない。

「別に……」

仲里麻由美はこたえた。

「別にというのはどういうことだ？　あんたも自殺だと思っているということか？」

「そんなこと、どうだっていい」

仲里麻由美の表情は閉ざされたままだ。

「そこ、座っていいか？」

空いている椅子を指差した。

「どうぞ」

仲里麻由美が言った。

おそらく、父親の死にショックを受け、傷ついているのだろうと、会う前から想像はしていた。

ここへ来るまで、いろいろなケースを想定して、その対処方法を考えていた。怒りを露わに、話をすることを拒否されたら、なだめて説得する。

石神が敵ではないということを、理解させるつもりだった。

泣きだした場合も、ほぼ同様だ。

そして、質問はつとめて事務的にする。そのほうが、相手の心理的な負担が少ないことを、経験上知っていた。

だが、このようなケースは想定していなかった。仲里麻由美は、完全に外界をシャットアウトしているように見える。

なるほど、圭介が心配していたのは、このことだったのか。

石神は思った。

「どうだっていいというのは、自殺だろうが、そうでなかろうがどうだっていいということか？」

「そう。死んじゃったことは事実。どんな死に方だろうが、いなくなったことには変わりはない」

「お父さんは、崖の下で発見されたそうだな」

圭介が突っ立ったまま、おろおろしている。石神は、それを無視した。

「そうだよ」

「そのときの様子は見たか?」

彼女は首を横に振った。

「あたしは那覇にいた。車で駆けつけたときには、もう病院に運ばれていた。解剖するって言っていた」

「お父さんが死んだことについて、警察は充分に調べたと思うか?」

「どうしてそんなこと訊くの?」

「警察が間違った判断を下すこともある」

「そうじゃなくて、どうしてあたしにそんなことを訊くの? あたしに警察の捜査のことなんかわかると思う?」

「捜査のことはわからなくても、何らかの印象を持っているんじゃないかと思ってね。警察の調べがいい加減だったとか……」

これは誘導尋問になるな。

石神は思った。だが、かまわない。警察の捜査ではないのだ。証拠能力について気にすることはない。

「わからない」

仲里麻由美が言った。

「そうか」

石神はそれ以上は追及しなかった。

たいした印象を持っていないということは、警察の調べに関しては不満を持っていないことを意味している。

「警察にいろいろ質問されただろう」

「されたよ」

「どんなことを訊かれた?」

「忘れた」

「思い出してくれないかな」

「それを思い出すと、病院で横たわっていた父さんのことも思い出す」

石神はうなずいた。

「つらいだろうが、思い出してくれ」

仲里麻由美は、石神の質問にこたえずに、圭介を見た。

「探偵を雇うなんて、何のつもり?」

圭介はまだ突っ立っていた。

仲里麻由美の質問にどうこたえていいかわからないようだ。何か言おうと息を吸うが、すぐにあきらめてしまう。

二度、それを繰り返した。

石神は、蛇に睨まれた蛙という言葉を思い出した。

「彼は、あんたの理解者になろうとしている」

石神が助け船を出した。

仲里麻由美は、圭介を見たまま聞き返した。

「理解者?」

圭介は、いっそうおろおろした。

「彼は、バイトで貯めた金で私に仕事を頼んだ」

仲里麻由美は、じっと圭介を見ていた。やはり、その顔からは何の感情も見て取れない。

圭介が言った。

「僕が勝手にやったことだ。余計なことかもしれない。でも、僕は、仲里博士の研究に期待をしていた。尊敬していたんだ。だから、これは、僕自身の意志なんだ」

「父さんの研究のことを知っていたっていうの？」

「知っていた」

圭介はうなずいた。「そして、転校してきた君が、仲里博士の娘だと聞いて、本当にびっくりした」

「そんな話、初めて聞いた」

「話す機会、なかっただろう」

「あたしの理解者になりたいって、どういうこと？」

「仲里博士の本で読んだことがある。仲里先生は、娘さんの言葉からインスピレーションを得たことが何度もあるって……。君、ユタの血を引いているんだろう？」

「それがどうかした？」

「いや、その……」

石神は、二人のやりとりをじっと聞いていた。仲里麻由美が、会話らしい会話を始めようとしている。

ここは、へたに質問するより、彼女の話に耳を傾けたほうがいい。

「たしかに、あたしのおばあさんはユタだった。ユタというのは、一代おいて力が現れることがあるらしい」

「君の、その能力が仲里博士の研究を助けていたんだ」

「でも、偉い学者たちは、父さんの研究を認めなかった」

「頭の固い権威主義者たちだ。特に、考古学者だ。仲里博士が歴史の専門家でないので、権威を振りかざし、学界の常識を押しつけようとした。仲里博士が発見した事実を、自分たちの都合で無視しつづけたんだ」

「石板は捏造だと言われた」

「捏造だという証拠はない。調査にたずさわったダイバーがそう証言したと言われているけど、ダイバーが本当のことを言ったかどうかは誰にもわからない」

「でも、父さんは死んだ。もう、何が本当で、何が嘘なのか、証明することはできない」

「僕がする」

圭介が珍しく、きっぱりと言った。「僕は、勉強して、琉央大学に入学する。そして、仲里先生の研究を継ぐつもりだ」

仲里麻由美は、しばらく圭介を見つめていた。圭介はその視線に耐えられなくなったらしい。目を伏せてしまった。

仲里麻由美も、圭介から眼をそらした。

二人とも黙ってしまった。仲里麻由美が何を考えているか、石神は読みとることができなかった。

こんなに感情を閉ざしている人間を見たことがない。

二人が沈黙を守っているので、石神は言った。

「いくつか訊きたいことがある」

仲里麻由美と圭介が同時に石神を見た。そこに石神がいることをようやく思い出したような素振りだった。

「ユタというのは、沖縄の占い師のようなものだよな」

仲里麻由美ではなく、圭介がこたえた。

「占い師ではありません。霊界とこの世をつなぐ存在です。霊媒師であり、アドバイザーであり、霊能力者なのです。一種のシャーマンといえるでしょう」

「シャーマン？　シャーマニズムのシャーマンか？」

「そうです。神の代弁者です。ユタの場合は、先祖や死者の言葉を代弁します」

石神は、仲里麻由美を見た。

「あんたには、そういう能力があるのか？」

仲里麻由美は、ゆっくりと石神のほうを見た。

「おばあさんは、皆に信頼されたユタだった。あたしは、自分ではわからない。ただ、父さんはあたしの言うことを信じてくれた。沖縄には、まだ神様がたくさんいると、父さんは言っていた。沖縄の人々は、神様といっしょに暮らしていると……。あたしも、それを感じることがある」

「神を感じるのか？」

かつて、扱った事件では、成り行き上、ピラミッドや超古代文明のことを調べた。その結果、神というのは、超古代文明が後に生まれるであろう文明の担い手、つまり、我々に進んだ天文学の知識を伝えようと残されたメッセージだということがわかった。

世界に残る神話には必ず数字が残されている。その数字は、たいていは、地軸の揺らぎ、つまり歳差運動の一周期の年数から割り出されている。

神は数字だったのだ。

だが、仲里麻由美が言っている神というのは、そういう神とは違うようだ。もっと身近な神だ。

一神教の神とは違う。

仲里麻由美は、石神の質問にこたえた。

「感じるよ。沖縄の人は、みんなそう。強く感じるか、あまり感じないかの差があるだけ」

素朴な土地なのだろうかと石神は思った。

沖縄に限らない。

日本全国、田舎に行けばいまだに神仏が生活と密接に結びついている。

「お父さんに、神を感じるというような話をしていたわけだな？」

「あたしは小さい頃からよく同じ夢を見たんだ。その話を何度もした。父さんは、その夢のことを本気にしてくれた」

「どんな夢だ？」

石神が尋ねると、仲里麻由美は、石神を見つめた。

「今は話したくない」

「俺は聞きたい」

「あなたたちが、まだどういう人かわからない。ユタは、相手を見て話をする。だから、まだ話はできない」

圭介はちょっと傷ついた顔になった。

「僕のことは信じてほしい」

仲里麻由美は、圭介を見た。

「あたしには、考える時間が必要なの」

「それはわかるけど……」

「父さんの無念を晴らしてくれると言ったね？」

「それをこの人に依頼した。この人は、前にピラミッドやＵＦＯや、超古代文明が絡んだ殺人事件の調査をやったことがある」

仲里麻由美は、石神に視線を向けた。

「超古代文明？　それを信じている？」

石神は、肩をすくめた。

「信じてないわけじゃない。だが、信じているわけでもない。わからないんだよ」

どうでもいいとは言わなかった。この場合、そのほうがいいと思ったのだ。

仲里麻由美は、じっと石神を見つめている。石神は落ち着かない気分になってきた。

大きなアーモンド型の目。その眼がきらきらと光っている。澄み切った眼だ。

心を見透かされているような気分になってくる。

唐突に、仲里麻由美は立ち上がった。

「あたし、帰る」

「急にどうしたんだ？」

「ここにいる気分じゃなくなった」

石神が止める間もなく、彼女は足早に出口に向かった。

圭介は、茫然とその後ろ姿を見つめていた。

石神は、圭介に言った。

「あれは、手強いな」

圭介が、石神を見た。

「なかなか、他人に理解されないんです」

「ユタか……。本当にその能力があるのかな」

「あると、僕は思います。仲里博士も信じていたようですから……」

「彼女の理解者になりたいと言ったのは、そういう意味だったのか？」

「そうです。僕も彼女を信じたい」

石神は大きく息を吸った。それを吐き出しながら言った。

「いいだろう。仲里博士の無念を晴らすか？　できるかぎりのことをやってみようじゃないか」

なぜだか、本当にそんな気分になっていた。

圭介は、それを聞くとしばらく棒立ちになっていたが、やがて、深々と頭を下げた。

「ありがとうございます」

「よせよ」

石神が言った。「君はクライアントだ。俺の雇い主なんだぜ」

圭介は、もう一度無言でぺこりと頭を下げた。

石神は、仲里麻由美が出ていった出口につながる細い通路のほうを眺めやった。

ユタか……。神秘的なのはそのせいかもしれないな。

石神は思った。

とにかく、調査の計画を練ろう。石神は思った。どこから手を付けるべきか考えなければならない。

乗りかかった舟だ。

だが、この舟は意外に大きいかもしれない。そんな予感がしていた。

4

石神は、夜明け前に目を覚ましてしまった。六時近くだ。もう一眠りしようかと思ったが、眠れそうもない。妙に目が冴えている。

ベッドから起き出して、コーヒーをいれることにした。

部屋の中は冷え切っている。朝晩がめっきりと冷え込む季節になった。

石神はエアコンのスイッチを入れた。パジャマ代わりにスウェットの上下を着ている。量販店で買った安物で、首のところが伸びきっている。

眠れなくなった理由はわかっていた。

昨夜会った仲里麻由美のことを思い出したのだ。あの目つきは気分を滅入らせる。

渋谷のクラブの中で、彼女は完全に一人きりだった。石神や園田圭介が何を話しかけても、彼女は一人きりの殻の中から出てこようとはしなかった。

その眼は、石神のほうに向けられたとしても、石神を見ていなかった。彼女は誰も見ていないのかもしれない。

彼女の父親のことを調べるからには、何度か彼女に会わなければならないだろう。それで気が滅入るのだ。

彼女のつらさは想像できないわけではない。幼い頃に母親を亡くし、さらに、父親が自殺したといわれている。

彼女は故郷を離れなければならなかった。生まれたのは石垣島で、東京に来る前は那覇に住んでいたと言っていた。

気候も習慣も違うだろう。

園田圭介によれば、仲里麻由美は、ゆうべのクラブによく行くという。だが、そこで見かけた彼女は、ちっとも楽しそうではなかった。

もしかしたら、と石神は考えた。

そのクラブは、沖縄の何かを連想させるのかもしれない。沖縄には、長い間米軍の支配下に置かれていた関係で、ライブハウスなどが充実していたと聞いたことがある。

今ではすっかり様変わりしているだろうが、昔米兵たちが遊んだダンスクラブの名残があっても不思議はない。

文化というのは、意外なところに痕跡を残すものだ。それが、基地という望ましくない存在が残した文化であっても……。

仲里麻由美は、石神にいろいろなことを考えさせた。

その生い立ちの不幸だけではない。彼女がユタの血を引いているという点が気になった。ユタというものはよくわからないが、どうやら話の印象では、本土でいう霊能力者や祈禱師《きとうし》の類とはちょっと違うようだ。

もっと生活に密着しているらしい。沖縄にはまだ神がたくさんいて、沖縄の人々はその神々といっしょに暮らしている。彼女は、そんなことを言っていた。

生活に密着していようがいまいが、石神は霊能力だの超常現象だのといった話が嫌いだ。生理的に好きではない。いや、霊能力や超能力、超常現象のマニアたちが嫌いなのかもしれない。

仲里麻由美は、マニアには見えない。

彼女はごく自然に、沖縄は神と暮らす島だという意味のことを言った。

故郷を理想化しているのかもしれない。

石神はそう思った。多感な時期だ。一人故郷を離れて、突然、気候も習慣も違う東京で暮らさなければならなくなった。

故郷のことを懐かしく思うあまりに、理想化してしまうことがあってもおかしくはない。そんな彼女をそっとしておくべきだろうか。それとも、現実に立ち向かうことを教えるべきだろうか。

つい、石神はそんなことを考えてしまう。

湯が沸いた。

石神は、ポットの上にセットしたペーパーフィルターに挽いたコーヒー豆をスプーンで適当に入れ、少しずつ湯を注いだ。

部屋の中に、コーヒーの芳香が満ちていく。世の中には、コーヒーメーカーという便利なものがあるのは知っている。

だが、こうしていれたコーヒーのほうがずっとうまいことも知っている。事務所では我慢して煮詰まったコーヒーを飲まなければならない。

自宅にいるときくらい、こうしてうまいコーヒーを飲みたいと思う。

テーブルに向かってコーヒーを飲んでいると、カラスの声が聞こえた。窓の外が青く見える。じきに夜が明ける。

沖縄か……。

石神はまだ沖縄に行ったことがない。漠然と南の島のイメージがあるに過ぎない。

青い海と白い砂。

リゾートホテルに、沖縄民謡の独特のメロディー。

航空会社か旅行会社のテレビＣＭのイメージだ。

その漠然としたイメージに、今一つのイメージが加わった。仲里麻由美の超然とした眼差しの印象だった。

＊

事務所にやってくると、石神はもう一度、仲里昇一教授の、自殺に関する記事を見直した。

印象は変わらない。やはり、自殺は疑いのないもののように見える。

寝不足で、こめかみが痛む。刑事の頃は、まともに眠った記憶がないほど忙しかった。それでも睡眠不足をつらいと思ったことはあまりなかったような気がする。

探偵になって、堕落したのだろうか。それとも、やはり年を取ったのだろうか。

そんなことをぼんやり考えていると、明智がコーヒーを持ってきた。朝のセレモニーだ。それから、明智は、すぐに自分の席に戻り、パソコンに向かって何か作業を始めた。

何をやっているのか、石神にはわからない。明智は、事細かに仕事の報告をする男ではない。だが、言われたことはちゃんとこなす。

でなければ、こんな無愛想な男はとっくに事務所から追い出している。

「何か調べているのか？」

石神は明智に尋ねた。

「ええ。仲里教授が書いた本を検索しているんです。十年前に大手の出版社から出ているんですが、すでに絶版のようで、書店では手に入らないんです。どこかで手に入らないかネットで調べています」

石神はうなずいたが、それが明智の眼に入ったとは思えない。

「ちょっと調べてほしいことがある」

「何です？」

明智は、パソコンの画面を見つめたまま訊く。

「いつか、東北と北海道で、石器の捏造事件があったな。ゴッドハンドとか呼ばれていた考古学研究家が、実は捏造をしていたという。その資料を集めてくれ」

明智がパソコンのディスプレイから眼をそらし、驚いたように石神を見た。

「何のためにそんなものを……」

石神は顔をしかめた。

頭痛がする。

「捏造について調べてみたい。もし、仲里教授が捏造をしたのなら、どうしてそんなことをしなければならなかったのか知りたいんだ。ほかの事例を調べてみれば、参考になるかもしれない」

明智は、その説明を聞いても、なお石神の顔を見つめていた。

「なんだ？　俺の考えは間違っているか？」

「いいえ」

明智は、パソコンのディスプレイに眼を戻した。「なるほどと思って、感心していたんですよ」

なるほどだと……。

石神は思った。

誰だって考えつきそうなことじゃないか。俺をそれほどの間抜けと思っているのだろうか。

「頼んだぞ。俺は出かける」

「戻りは……？」

「わからん」

明智はそれ以上何も尋ねようとしなかった。気をつかっているのか、関心がないのかわからない。たぶん、後者だろうと思った。

石神は、乃木坂の駅から地下鉄千代田線に乗り、代々木上原で小田急線に乗り換えた。狛江《こまえ》に向かっている。

狛江市緒方一丁目に、仲里麻由美の叔母夫婦が住んでいる。今、麻由美が住んでいる家だ。
叔母夫婦の姓は、片山という。園田圭介から聞き出しておいたのだ。仲里と姓が違うということは、叔母が嫁いだということになる。つまり、叔母が死んだ仲里昇一と血のつながりがあるということだ。

電車はすいていた。午前中に下りの電車に乗る者はあまりいない。主婦の姿が目立つ。幼稚園児くらいの子供を連れている主婦もいる。

石神には縁のない家庭の姿だ。その点については、後悔していない。団欒《だんらん》だけが人生の幸せではない。

仲里麻由美の家庭も失われた。彼女の叔母に会うのは気が進まない。身内の自殺のことを尋ねなければならない。

だが、そんなことをいちいち気にしていたら、探偵はつとまらない。

片山という表札のかかった家は、一戸建てで、そこそこに見栄えのする造りだった。まだ、建てられてからそれほど経っていないだろう。

二階建てで、玄関にはポーチがあり妙な鎖のようなものがぶらさがっている。それが、雨だれの音を軽減させるものだということを知っているが、何と呼ぶものなのか石神は知らない。

玄関の脇にはささやかな庭があり、よく手入れされている。玄関は洋風だが、庭は和風だった。それが、ちぐはぐな印象を与える。

住人は気にしていないのかもしれない。あるいは、夫婦の趣味の違いを表しているのかもしれない。

庭の周囲には低い鉄柵が巡らされており、それは、石造りを模した門柱につながっている。コンクリートの固まりに石材を貼り付けた門柱だということがすぐにわかる。

その門柱にインターホンがついていた。石神はインターホンのボタンを押した。

返事がない。もう一度、ボタンを押す。

「はい……」

苛立ったような中年女性の声が聞こえてくる。

「石神と申します。ちょっとお話をうかがいたいのですが……」

「どちらの石神さん？　どういうご用件です？」

相手の苛立ちが募ったように感じられる。訪問販売か何かだと思われているのかもしれない。

「石神探偵事務所と申しまして、ある調査を依頼されました。それについて……」

「探偵……」

声に戸惑いが感じられる。

「こちらに、仲里麻由美さんがお住まいですね」

相手は沈黙している。

玄関を開けるべきか迷っているのだ。警察官時代はよかったと思う。こういう場合に、警察だというと、誰もがたいてい玄関を開ける。

一度でも権威の味を知った者は、どうしてもそれに頼りたくなる。

いかんな……。

石神は自分を戒めていた。

やがて、ためらいがちにドアが開いた。四十代の女性が顔を覗かせる。和服を着ていたので、石神は驚いた。

今時、自宅で和服を着ている主婦は珍しい。どこかへ出かけようとしていたのだろうか。

石神は、玄関ポーチまでの短いアプローチを進んだ。

「片山幸恵《ゆきえ》さんですね」

石神が言うと、相手は不審そうな顔でうなずいた。

「そうですけど……。麻由美が何か……」

どこか麻由美に通じる面影がある。美しい顔立ちだ。最近の四十代の女性は昔に比べてずいぶん若く見える。

だが、猜疑心《さいぎしん》がその美しさをずいぶんと損なっていた。中年女独特の目つきだ。

「麻由美さんのお父さんが亡くなられた件で、ある人物から調査依頼を受けました。それで、お話をうかがいたいと思いまして」

片山幸恵は、うんざりした顔つきになった。

「四ヶ月も前のことですよ。なんで今さら……」

「依頼を受けたからには、調査しなければならないんです」

「あの当時、この家までマスコミがやってきたんですよ。第二の捏造事件だとか……。マスコミは、そこのインターホンでコメントを取ろうとするんです。麻由美に話を聞かせろという人までいました。もう、うんざりなんです」

石神はかまわず質問を続けた。

「あなたと仲里教授のご関係は？」

「仲里は私の兄でした」

「麻由美さんが、あなたの家で暮らすようになった経緯について、お話しいただけませんか？」

片山幸恵は、明らかに迷惑そうな顔をした。

「これから、お茶のお稽古があるんです。もうすぐ、生徒さんたちがいらっしゃるんですよ」

和服を着ていたのには、そういう理由があったのか。庭が和風なのもそのせいだろう。

「話はすぐに済みます」

「ちょっと……。まだ、教室の準備の途中なんですよ」

「こうしている間にも時間は過ぎていきます。私は、聞きたいことを聞き出すまで引き上げません」

「警察を呼びますよ」

「私は、何の法律も犯していない。無断で家宅に侵入したわけでもないし、あなたを脅迫しているわけでもない。押し売りでもない。さあ、時間がもったいないでしょう。質問にこたえてください」

片山幸恵は、怨みがましい顔で石神を見た。警察官の時代からこういう反応には慣れている。

「何でしたっけ?」

「麻由美さんが、この家にいらした経緯です。ほかに身寄りは……?」

「ありませんよ。だから、うちで面倒を見ることにしたんです」

「苗字は、仲里のままですね」

「養子にしたわけじゃありませんからね」

「なるほど……。立ち入ったことをうかがいますが、相続は……?」

片山幸恵の眼にさらに憎しみの光が増した。怒りといってもいい。

石神は気にしない態度を取っていた。それで相手の怒りをかわすことができる。

「母親は麻由美が小学校のときに亡くなりました。だから、遺産はすべて麻由美のものです。だからといって、相続したものなんて、たいしたものはありませんけどね」

「そうなんですか?」

「兄と麻由美は那覇で、賃貸アパートに住んでいましたしね。あたしたちが育った小さな家が、石垣島の田舎にあるんですが、ほとんど価値はありませんよ」

「その家と土地はどうなっています?」

「ほったらかしですよ。麻由美の決めることですからね。調査の依頼って、相続とか遺産とかいうことに関係あるんですか?」

「わかりません」

石神はこたえた。「あるかもしれないし、ないかもしれない」

「いったい、何を調べているというんです」

「依頼の内容はおこたえできません」

「じゃあ、こっちもこたえる義務はありませんね。さあ、もう帰ってください」

「仲里教授が亡くなったときのことをうかがいたいのですが……」

「もうその話はしたくないって言ったでしょう」

片山幸恵の怒りは爆発寸前だった。

彼女を怒らせるのは得策ではない。石神は懐柔策に出ることにした。

「私も、あなたたちをそっとしておいてあげたい。しかし、こちらも仕事なので……」

「あなたの仕事のことなんて、うちには関係ありません」

「仲里教授が亡くなられたとき、あなたは東京にいらしたのですね」

片山幸恵の顔に、言いがたい表情が走った。怒りに恐れと不安が入り交じっている。

「あたりまえです」

「あなたのご主人も……？」

「当然でしょう。こっちで暮らしてるんですから。兄の死は突然だったんです」

「誤解なさらないでください。私は、あなたたちが、仲里教授がお亡くなりになったときのことをよくご存じかどうかを知りたいだけなんです」

「東京にいたんだから、何も知りません」

「自殺されたというのを、信じておいでですか？」

「信じるも何も……」

片山幸恵は、憤懣《ふんまん》やるかたないという顔つきで眼をそらした。「警察がそう言うんだから間違いないでしょう。あたしたちは、何も知らないんです」

「仲里教授が亡くなられる一ヶ月ほど前に、捏造の報道があったのですね。それについて、仲里教授と何かお話をされましたか？」

「何も話してませんよ。沖縄は遠いんです。兄が何をしようと、あたしたちの暮らしには関係ありません」

そういうものなのだろうな。

石神はうなずいた。

地方から東京に出てきた者は、田舎の出来事を引きずりたがらない。東京は忙しい街だ。ただ住んでいるだけで、慌ただしく時が過ぎる。

「警察は、こちらにも何か事情を聞きに来ましたか？」

「ええ。刑事さんがいらして、兄は自殺の疑いがあると……。でも、とおりいっぺんのことしか訊かれませんでした。警察は、こんなにあれこれ訊きませんでした」

そんなはずはないのだがな……。

石神は思った。

たぶん、皮肉の一つも言いたいのだろう。

片山幸恵が本当にそう感じているとしたら、それは思い違いだ。警察官は、調書を書くためにいろいろなことを質問しなければならない。それが無駄な質問だと知っていても、手続き上訊かなければならないのだ。

事実、ここに来た刑事が、たいした質問をしなかったとしたら、それは問題だ。警察がちゃんとした捜査をしていなかったことを物語っている。

「ここに来たのは、どこの刑事でした？」

「どこの……？」

「ええ。沖縄の刑事か、本庁の刑事か、それとも所轄の刑事か……」

「そんなこと、わかりませんよ。刑事は刑事でしょう」

「手帳を開いて、身分証を見せませんでしたか？」

「よく覚えていません」

「仲里教授が亡くなる前に、何か特別なことはおっしゃってませんでしたか？」

「警察でも同じことを訊かれたような気がしますがね、さっきも言ったように、普段はほとんど連絡を取っていなかったんですよ。あたしたちは、何も知りませんでした」

「でも、葬儀には出かけられたんでしょう？」

「もちろんです。沖縄に出かけたから、麻由美を引き取ることになったんです」

引き取りたくはなかったという口振りだ。

「お子さんは？」

「いません。うちは、子供を作らないことにしていたんです」

亭主は仕事に生き、女房は茶を教えたりして趣味に生きる。

それが悪いこととは思わない。だが、どこか不自然な気がする。

まあ、独身でこの先、結婚のことなどまるで考えていない俺が言えた義理じゃないな……。

「仲里教授の自殺についてどう思われます」

「迷惑してますよ」

「迷惑……？」

「自殺なんて、世間体は悪いし、その上、捏造だなんて……」

「しかも、麻由美さんの面倒を見なければならなくなった……」

「あたしは、そんなことは言ってません」

厳しい口調だった。

余計なことを言ってしまったかもしれない。

「迷惑以外に、どんなことを感じました」

「どんなことを感じたかって……」

「自殺だと聞かされたときの印象です。どんなことでもけっこうです」

「信じられませんでしたよ」

「まあ、そうでしょうね」

「兄は、自殺などとは程遠いタイプだと思っていましたから」

「ほう……。どういうタイプだったんです？」

「野心家っていうんですかね……。良くいえば前向きな性格。悪くいえば自分勝手なところがありました」

片山幸恵の口調が少し変わった。兄のことを思い出したのかもしれない。どんな性格だろうと、自殺に追いつめられることはある。

質問を変えることにした。

「あなたのご実家は、ユタの家系だそうですね」

「誰がそんなことを言いました?」

再び、警戒心が頭をもたげたようだ。

「昨日、麻由美さんと会って話をしたんです」

「たしかに母はユタでした」

「あなたにも、そういう能力はおありですか?」

「いいえ」

「では、麻由美さんはどうです?」

「知りません」

ぴしゃりとした口調だった。「それが、兄の死と何か関係があるんですか?」

「ないと思います。余計なことを訊いてしまったかもしれません」

そのとき、門柱のところに、三人の主婦らしい女たちが現れた。年齢層はばらばらだ。一番若いのはまだ二十代に見える。年かさのは五十を超えているだろうか。

お茶の教室の生徒だろう。

潮時かもしれない。

「どうも、おじゃましました。またうかがうかもしれませんので、そのときはまた、よろしくお願いします」

「もうお話しすることなんて、ありませんよ」

石神は礼をして玄関を離れた。三人の主婦らしい女性たちとすれ違うときに、軽く会釈をした。三人は不審げに石神を見て、会釈を返してきた。

沖縄の女性とお茶の先生。どうもイメージが結びつかなかった。おそらく先入観だろう。沖縄女性が茶道をやったところで、何の不思議もない。

石神は、門を出てからもう一度振り返って、片山幸恵の自宅を見た。

洋風の造りに和風の庭。おそらく、家の中も和洋折衷なのだろう。洋風のリビングルームやダイニングルームに、和風の茶室。

二階建てのこの家で夫婦二人だけで暮らしているのなら、同居人が一人くらい増えてもどうということはなさそうに思える。

だが、実際には単に空間の問題ではないだろう。人は住まいの広さに合わせて生活する。二人ですべての部屋を使っていたに違いない。一部屋を麻由美のためにあけるとなると、今までの生活の何かを犠牲にしなければならなかったはずだ。

たとえ物置であろうと、そこをあけるとなるとたいへんだ。

特に、片山幸恵のように趣味を大切にしているらしい者にとっては、自分の生活パターンを変えなければならないのは、我慢ならないかもしれない。

いずれ、麻由美は一人暮らしをしたほうがいいだろう。だが、高校生となるとなかなかそうもいかない。

石神は、商店街に入り、狛江駅までゆっくりと歩いた。庶民的で居心地のいい町だ。多摩川がすぐ近くで、環境も悪くない。だが、麻由美にとっては住み心地がよくないのだろう。

片山幸恵は、ひどく迷惑そうだった。突然探偵がやってきて、触れられたくないことをあれこれ尋ねた。迷惑がるのも当然だ。

だが、石神は、今夜また出直すつもりでいた。片山幸恵の亭主の話も聞いてみたかった。

それが何になるのかわからない。

調査と直接関係ある話が聞けるかどうかもわからない。

今は、とにかく嗅ぎ回る時期なのだ。ばらばらの断片がそのうち、何かの形を成しはじめる。

それまでは、無駄だと思えることでも触れてみなければならない。何が無駄で何が無駄でないのかすら、まだわからないのだ。

小田急線の駅で電車を待ちながら、石神は、沖縄のことを想像していた。

5

事務所に帰ると、ドアに鍵がかかっていた。チャイムを鳴らしても、何のこたえもない。

石神は、舌打ちしてポケットから鍵を取り出してドアを開けた。

明智はいなかった。昼飯でも食いに行ったのだろうか。そういえば、腹が減った。時計を見ると、午後一時を過ぎている。

そのうち戻ってくるだろう。明智が戻ってきたら交代で昼飯を食いに行こう。そう思っていたが、明智はいつまでたっても帰ってこようとしなかった。

仕方がないので、中華の出前を取った。

石神が出かけるときには、明智は何も言っていなかった。まさか、帰ったんじゃないだろうな。

そんなことを思いながら、もそもそと出前のチャーハンと餃子を食った。ハードボイルドとは程遠い。

明智が戻ったのは、四時過ぎだった。

事務所に入ってきて、石神を見ても涼しい顔をしているので、思わず厳しい口調で言った。

「どこへ行っていた？」

明智は石神の口調など気にした様子はない。

「これです」

一冊の本と、コピーの束を鞄から取り出し、石神の机の上に置いた。

石神は、本を手に取って表紙を見た。

『沖縄古代文明へのアプローチ――ムー大陸の発見』

それは、ソフトカバーのそれほど厚くない本で、学術書というよりいわゆるトンデモ本のような扱いをされているようだった。

奥付を見ると、一九九二年に発売されている。十年も前の本だ。

ぱらぱらとめくってみた。沖縄の文化論から始まり、それがどれくらいミクロネシアなど太平洋上の島々の文化と似通っているかということが書かれている。

まずは文化論だ。

さらには、二百万年前から、現代に至るまでの沖縄・南西諸島の地形が載っていた。

それによると、二百万年前には、南西諸島は中国大陸の一部だったらしい。

百五十万年前から百万年前にかけて、次第に陸地が海底に没していき、やがて、百万年前から二十万年前には、諸島ほとんどが海底に沈んだ。

それから、さらに二十万年前から一万五千年前には、再び陸地が顔を現し、諸島は一列の細長い地続きとなる。その陸地は今の台湾を超えて中国大陸に接している。

書物の中では、「陸橋」という言葉が使われていた。

つまり、その二十万年前から一万五千年前にわたる「陸橋」の時代に、何らかの文明があり、それがどうもムー大陸の伝説を生んだのではないかというのが、仲里昇一の説のようだ。

真剣に読む気になれない。

学術論文を読まされるのはうんざりだが、トンデモ本もまっぴらだ。

「明智」

声をかけると、すでにパソコンの前に座っていた明智が顔を向けた。

「何です?」

「この本を読んでみてくれ。そして、あとで俺に概要を教えてくれ」

「先生はいつもそうですね。本というのは、自分で読まなきゃ意味がないんですよ」

「おまえが、俺の代わりに人に会って話を聞いてくれるのなら、俺は喜んでここでのんびりと本を読んでいる」

明智は、無表情のまま肩をすくめた。

「わかりました」

明智は立ち上がり、石神の机に近づき、『沖縄古代文明へのアプローチ』を手に取った。

石神は、続いてコピーの束を手にした。

明智は図書館かどこかへ出かけていたようだ。それは、週刊誌などのコピーで、二〇〇〇年の冬に起きた、石器の捏造事件を集めていた。

トンデモ本より、こちらのほうがずっと興味があった。石神は、記事を読み進んだ。

驚いたことに、問題を起こした人物は、大学の教授でも学者でもなかった。電気機器の製造会社につとめる普通のサラリーマンなんだそうだ。

会社につとめるかたわら、考古学関係の研究所の副所長という肩書きを持っていた。大学すら出ておらず、高校を卒業した後、すぐに地元の電気機器製造会社に就職した。

考古学については、ほとんど独学だという。とにかく、発掘に熱心だった。

二十六歳で本格的な石器発掘を始めて以来、二十八年間に二百ヶ所以上の遺跡と千点を超える石器群を発見したと言われていた。

人は、彼のことを「ゴッドハンド」と呼んだ。

彼が発掘したと言われた石器により、日本の前期石器時代は、前期と中期に分けられることになった。それくらいに、画期的な発掘を行ったと考えられていたのだ。

東北のある町の遺跡で、五十万年から七十万年前の石器が発見されたと報じられた。それを発掘したのも、この「ゴッドハンド」氏だ。

それは、北京原人よりも古い時代の原人がその東北の町に住んでいたことを意味していた。

町は大喜びだった。とりたてて有力な産業もない、人口一万六千人ほどのこの町は、「原人」で町おこしを図ろうとした。

「原人パン」が売られ、「原人ラーメン」の看板が立った。町が主催するマラソン大会は、「原人マラソン」と名付けられた。

だが、その後「ゴッドハンド」氏の捏造が発覚した。彼は、自分の石器コレクションの中からいくつかを、自らの手で土中に埋め、それを発掘作業している学生やボランティアたちに掘り出させたのだ。

決定的映像をビデオカメラに収めたのは、ある新聞社の記者だった。その記者は、ある考古学者から、「ゴッドハンド」氏の捏造の疑いを示唆されていたという。

「ゴッドハンド」氏は、北海道と東北の遺跡での捏造を認め、記者会見で深々と頭を垂れた。

原人の石器が捏造だと言われた東北の町は、大騒ぎとなった。なにせ、町おこしの目玉だったのだ。

「原人」は夢と消え去った。

それはばかりではない。

「ゴッドハンド」氏の発掘によって、次々と歴史が塗り替えられてきた。この二十年間の考古学の成果は、すべて疑わしいということになってしまったのだ。

当初、「ゴッドハンド」氏は、捏造は北海道と東北の二ヶ所だけだと言っていた。だが、事態はさらに重大だった。

捏造が発覚した約一年後、「ゴッドハンド」氏は、北海道、岩手県、宮城県、山形県、福島県、群馬県、埼玉県にまたがる四十二ヶ所の旧石器遺跡で捏造に関与したことを認めたのだ。

考古学界は大慌てだった。旧石器時代の遺跡や石器がどの程度信頼性があるか、まるでわからなくなったのだ。

日本考古学協会というものがあるらしい。その協会では、委員会を組織して、「ゴッドハンド」氏が関与した遺跡についての、調査・検証を行っているという。

「ゴッドハンド」氏は、発掘の虫だった。誰よりも精力的に、誰よりも多くの場所を歩き回った。

そして、おそらく捏造をする以前には、本当に神の手のような発掘の技術を発揮して、成果を残していたのだろう。

そして、若い頃の発掘は、すべて手弁当だった。唯一の趣味が発掘だったのだ。休みの日には、夜が明ける頃から発掘の現場に出かけていき、暗くなってからも掘りつづけていたという。

やがて、彼は、考古学界の有名人となる。一種のカリスマだ。講演会に招かれ、自治体が彼の研究機関に金を出すようになる。

アメリカの学会に出席して発表をしたこともあるという。

期待が集まっていたのだ。その期待は、彼にはあまりに重かったのかもしれない。無責任な期待だ。

彼を呼んで来さえすれば、何かが出土する。誰もがそう信じていた。常識で考えればそんなことが続くはずはない。

だが、彼は、その期待を裏切ることができなかったのだろう。自治体からもらった金や、全国からのカンパも彼にとっては重圧だったろう。

捏造事件を起こす直前まで、彼は会社員だった。営業係長という肩書きだったそうだ。

石神はあきれてしまった。

日本の考古学というのは、電気機器のメーカーの営業係長の両肩に乗っかっていたことになる。

そして、日本の遺跡の発掘にたずさわっている人の多くが手弁当だという事実を初めて知って驚いてしまった。

この国の学問というのはどうなっているのだろう。自分の国の歴史を知るというのは、国家事業であってしかるべきだ。

なのに、実際は、学生や近所のおかみさん連中のボランティアが発掘を行っているのだ。そして、その頂点にいたのが学者でも何でもない電気機器メーカーの営業係長だというのだ。

石神は、ひどく切ない気持ちになった。

掘っても掘っても石器など出てこない。しかし、皆は期待している。自治体も金を出している。全国からカンパも集まっている。

そんなときの「ゴッドハンド」氏の気持ちはどんなものだったろう。

一部の週刊誌は、「ゴッドハンド」氏の責任を厳しく追及していた。考古学に与えた被害は甚大だという。

刑事罰に問えないのなら、民事で法廷に引っ張り出せとまで書いた週刊誌もある。

ばかじゃねえのか。

石神は思った。

学者は何をしていたんだ。考古学に甚大な被害を与えたのは、「ゴッドハンド」氏じゃない。それを、歴史として認めた学者たちじゃないか。「ゴッドハンド」氏は、ただの在野の研究家に過ぎない。それを、考古学の権威たちが認めたのだろう。

掘り出した石器の年代測定だけでも、そのつどちゃんとやっていれば、こんな大事にはならなかったのだ。

「ゴッドハンド」氏は、電気機器メーカーの社員に過ぎない。それをカリスマに祭り上げたのは、考古学に携わる専門家たちだろう。

つまり、電気機器メーカーの社員に、学者たちが踊らされていたのだ。こんな痛快なアイロニーはない。

それを見過ごしにしていたマスコミが、今さらどの面下げて「ゴッドハンド」氏の責任など追及できるというのか。

「ゴッドハンド」氏を法廷に引きずり出せ、などと恥ずかしくもなく書いた週刊誌の記者に、面洗って出直せと言いたくなった。

一連の捏造報道に、必ず顔を出しているある女子大の考古学者がいる。

彼は、鬼の首でも取ったように、「私は以前から彼の発掘を疑問視していた」などとコメントしている。

何でも、一度、ある雑誌に論文を書いたそうだ。そこで、「ゴッドハンド」氏の捏造疑惑について触れていると語っている。

「私は知っていた」と言いたいのだ。

この学者は、海外の大学で考古学を学んで、日本の考古学のあり方に疑問を抱いているのだという。

あらゆる週刊誌にコメントしている。捏造の現場をビデオに収めた新聞記者に、「あいつは怪しいぞ」と耳打ちしたのも、この学者だという。

各週刊誌で、「そら見たことか」と語っているのだ。

自分は正しいことを言っていたという自信があるのだろう。各週刊誌も、ありがたがってこの学者先生のコメントを載せている。

ばかじゃないか。

再び、石神は思う。

学者のことではない。その自慢たらたらのコメントを記事にした週刊誌の記者だ。

俺が記者なら、こう切り返したろう。

捏造を知っていたのなら、どうして現場に行ってやめさせなかったのか。そうすれば、考古学に対する被害はこれほど広がらなかっただろうに。

この学者は、反論するかもしれない。

私は、四年も前から論文などで批判をしていた。だが、学界の主流派から相手にされなかった。

事実、ある週刊誌でそのようなことを語っている。

それが、この学者先生の正義なのだ。その程度のものだ。身を挺して日本の考古学を救おうなどとは、これっぽっちも思っていない。自分はどうせ、主流派に相手にされていないから、とすねているのだ。

そして、今回、その主流派が右往左往している様を見て、ざまあみろと言っているだけなのだ。

おまえは何なのだと問いたい。

考古学者ではないのか。

相手は、電気機器メーカーの社員だ。在野の一研究者でしかないのだ。その暴走を身をもってくい止めるという気概はないのか。学者としての誇りはないのか。

石神から見れば、考古学者に主流派も反主流派もない。電気機器メーカーの一社員に、考古学が弄ばれたという、滑稽《こっけい》な構図が見えるだけだ。

新聞記者に、捏造疑惑を耳打ちしたのは、この考古学者のせめてもの良識だったのかもしれない。それしか方法がなかったのかもしれない。

たしかに、良識派ではある。

だが、どうもそのやり方が姑息な気がして仕方がない。新聞記者は、それによりスクープを手にした。良識派の学者が、こうしたやり方でしか、在野の研究者の暴走を止められなかったのか。

すべての記事を読んで、少々興奮していた石神は、急にばからしくなった。

「おい、明智」

石神は、コピーを放り出して言った。「おまえ、この記事、読んだか?」

「図書館でコピーを取る前に、ひととおり読みましたよ」

明智は、さきほどの仲里教授の本を読みはじめている。

「考古学ってのは、いったいどうなってるんだ」

「なんです、いきなり」

「この『ゴッドハンド』と呼ばれた男は、学者じゃない。大学すら出ていない」

「それ、差別的な発言ですよ」

「いや、別に差別意識で言ってるんじゃない。学者の立場の話をしているんだ」

「たしかに、その人、在野の研究者です。でも、いつの間にか、研究所の副所長になったり、シンポジウムの目玉になったり、講演会に招かれるようになったんですね。カリスマになったんですよ」

「いくらカリスマだからって、アマチュアはアマチュアだろう」

「石器の発掘に関してはプロでしょう。第一、発掘にアマチュアもプロもないですけどね」

「そうじゃない。学者は何をしていたのかと言いたいんだ」

「利用したい学者は利用した。そうでない学者は無視をした」

明智のこたえは、単純で明快だった。

「その結果、学者たちは自分の首を絞めることになったんだ。発掘そのものに、どうしてちゃんと学者が関わらなかったんだ?」

「関わっていたでしょう。自分の教え子をボランティアで発掘現場に送り込んでいたはずですよ」

「それで関わったといえるか」

「その程度のことしかできないと思いますよ。現状ではね」

「例えば、この『ゴッドハンド』氏が掘り出した石器の年代測定だけでもちゃんとやっていればこんなことにはならなかっただろう」

「いちいち石器の年代測定をやる予算なんてどこにもありませんよ」

「正確な年代測定でなくてもいい。専門家が見れば、明らかにおかしいという石器が発掘されていたわけだろう。学者がちゃんとそばにいれば、それを指摘できたんじゃないか」

「どうでしょうね。石器を発見した瞬間は、ボランティアや学生たちが大はしゃぎでしょう。それに水をさす勇気のある学者がどれくらいいるでしょう」

「そうだよ。その勇気だよ。『ゴッドハンド』氏も、石器は出ないと、みんなに言える勇気があれば、こんなことにはならなかった。そして、疑問を持つ学者も、それはおかしいと言う勇気があれば、こんな大騒ぎにならずに済んだはずだ」

「それ、結果論ですよ。誰もそんな勇気なんて持てないでしょう。だから、捏造事件が起きてしまったんです。発掘現場では、金を出した自治体の連中が期待に眼を光らせている。学者が疑問を差し挟んだとしても、そうしたスポンサーなどに捻り潰されていたかもしれません」

石神は、明智の言ったことを無言でしばらく考えていた。

明智が言っていることはおそらく正しい。現状なんてそんなものだ。理想論は通らない。それが、考古学という学問の世界の現状なのかもしれない。

「そういえば、以前、何かのテレビ番組で見たことがある。吉野ヶ里の大遺跡の話だ」

「ああ、NHKの『プロジェクトX』でしょう」

「あそこには、工業団地ができる予定だったそうだな。それを未然に防いで、吉野ヶ里の遺跡を守ったのは、やはり学者などではなくて、役場の一職員だったそうじゃないか」

「その職員の父親が考古学マニアで、土器の発掘を趣味でやっていたんですよね」

「この国の考古学は、一般人によって支えられているというわけか?」

「ま、そういう面もあるでしょうね。ほとんどの遺跡の発掘は、学生か近所のおばちゃんのボランティアだそうですから……」

「それを記事で読んで驚いたんだ。日本という国はどうなってるんだ? その『プロジェクトX』でもやっていたな。奈良県などでは、掘れば遺跡が出てくる。だから、記録だけ取ってその上にマンションだのビルだのをどんどん建てちまう」

「遺跡じゃ誰も食っていけませんからね」

「自分の国の歴史を知るというのは、国が率先してやるべきことじゃないのか?」

「土建屋政党にいつまでも政権を取らせているのは誰ですか。自分たちでしょう。土建屋に歴史のことを考えろと言っても無理ですよ」

明智の口調は冷たかった。若者にそう言われると、石神は何も言えなくなる。

警察官時代は、その土建屋政党に投票することを、暗黙のうちに強制された。それが嫌で、探偵になって以来、今の与党に投票したことはない。

石神が黙っていると、明智が言った。

「それで、その捏造事件の記事は、今回の依頼の参考になったんですか?」

「まだよくわからん」

石神は言った。「今は、とにかくいろいろな材料を集める時期なんだ。それから何か

が見えてくる」

「東北の捏造事件と、仲里教授の捏造疑惑では、決定的に違う点がありますよ」

「何だ？」

「東北の『ゴッドハンド』は、在野の研究者ですけれど、仲里教授は、れっきとした大学の教授です。こうして本も出している」

「それ、学術書じゃないだろう」

「こういう本を出せるということは、ちゃんとした論文をいくつも書いているということですよ。事実、博士ですからね」

「なるほど……。だが、失ったものの大きさは同じくらいに大きいな」

「違いますよ。東北のほうは生きていますが、仲里教授は死んだんです。これって、とてつもなく大きな違いでしょう」

「まあ、そうだな」

石神は、考えた。

片や、在野の研究者。片や、大学の教授で博士だ。同じ捏造でも、そこに意味合いの違いがあるのだろうか。

石神はふと思いついて言った。

「両方に共通点もある」

明智は、無表情なままで聞き返した。

「共通点？」

「そう。いずれも、考古学の分野を扱っていたが、考古学者じゃない。そうだろう」

「そうですね。仲里教授は、地質学者です。理系ですよ。歴史学者じゃありません。その共通点に何か意味があるんですか？」

「どうかな……」

石神は真剣に考えた。「意味があるかもしれないし、ないかもしれない。まだ、わからない。まだまだ、いろいろな材料が必要だ」

「先生。スキューバのライセンス、持ってます？」

明智が唐突に言った。

「スキューバのライセンス？」

「沖縄に行くんでしょう？」

「行くことになるだろうな」

「なら、Cカード、取っておいたほうがいいんじゃないですか？」

「Cカードって何だ？」

「ライセンスのことです。スキューバは民間団体が資格を認定するから、正確には免許じゃないいんです。その資格がCカードです」

「そんな必要ない。俺は、仲里教授の死について調べに行くんだ」

「依頼内容はそうじゃありませんでしたよ」

「何だって？」

「依頼主は、仲里教授の無念を晴らしてくれって言ったんです。教授の研究内容に深く関わらなければならなくなるかもしれません」

「もし、そうだとしても、本や論文を読めば充分だ」

「遺跡をその眼で見たほうがいいんじゃないですか？」

「そんな必要ない」

「僕、Cカード、持ってますよ。ＪＰという団体のカードです」

「だから何だ？」

「僕が資格を取ったショップ、紹介しましょうか。三日もあれば取れますよ」

「必要ないと言ってるだろう」

「せっかく沖縄に行くのに、潜らない手はありませんよ。実際に、海底遺跡を見れば仲里教授が、何を考えていたのかわかるかもしれません」

「俺は、仲里教授の研究を引き継ぐわけじゃないんだ」

「海底遺跡を自分の眼で見てみたいとは思わないんですか？」

　そう訊かれて、石神は、言葉に詰まった。正直に言うと見てみたい。

それが、探偵の仕事に関わりがあるとは思えない。だが、実際に遺跡を見てわかることもあるかもしれない。

「ライセンスを取っている暇なんてないよ」

石神は、自分の言葉が力を失っているのを自覚していた。

明智は、言った。

「三日もあれば、Cカードは取れるって言ったでしょう。もっとも、ライセンスを取ったばかりで、ちゃんと海底遺跡のスポットで潜れるかどうか疑問ですけどね」

「素潜りは得意だったんだ。夏には、房総の海でサザエをとったもんだ」

「なら、問題ないでしょう。ショップに電話しておきますよ。富ヶ谷の交差点にある『バディー』というショップです。ここ、小さい店だけど、信頼性は抜群ですよ。日本のファンダイビングの草分けの一人がやっている店なんです」

石神は面倒くさくなった。

明智がこれだけ執拗に何かを勧めるというのは珍しい。何か考えがあるのかもしれない。明智の勘や洞察力はばかにはできない。

「好きにしてくれ」

ついに石神は折れた。

明智は、すぐさま、ダイビング・ショップに電話をかけた。

6

明智は五時に事務所を出た。彼は滅多に残業をしない。

一人になり、石神はこれまでに集まった資料をもう一度眺めていた。今のところ、新聞記事や週刊誌のコピーだけだ。

仲里昇一が書いた本は、明智が持って帰った。

しんと静まりかえった事務所の中で、捏造に関する二つの記事を眺めていると、人間の弱さが見えてきた。

弱さ故に人は嘘をつかなければならない。東北の「ゴッドハンド」氏は、捏造が発覚する直前、精神に変調をきたすほど追いつめられていたという。今も、精神科の治療を受けているらしい。

仲里昇一はどうだったのだろう。やはりなにかに追いつめられていたのだろう。でなければ、捏造などということを思いつくはずはない。

片山幸恵は、仲里昇一が野心家で前向きな性格だったと言った。

その仲里昇一が自殺に追い込まれた。捏造が発覚するというのは、学者にとってそれほど重大なことなのだろう。

捏造したのも人間の弱さなら、自殺したのも人間の弱さだ。

だが、単に弱さと言い切れるのだろうか。そして、その弱さを責めることができるだろうか。

石神は、机の一番下の引き出しに入っているウイスキーを取り出したくなった。一杯やりたい気分だ。

だが、我慢しなければならない。今日はまだ仕事が残っている。人に会わなければならない。

また、片山幸恵の自宅を訪ねるのだ。時計を見た。まだ、早い。ゆっくり夕食でもとってから出かけよう。

石神は、とりあえず事務所を出ることにした。

下りの小田急は、通勤ラッシュのピークを過ぎていたが、まだ混み合っていた。酒くさい息をしている乗客もいる。

狛江の片山幸恵の自宅に着いたのは、八時過ぎだった。幸恵の亭主はもう帰宅しているだろうか。

もし、亭主が仕事人間だとしたら、まだ外にいる可能性が高い。会社にいないとしても、付き合いや接待で酒を飲んでいることもある。

まあ、訪ねてみよう。いなかったら、また出直せばいい。

夜に見ると、家の感じがまた違って見える。カーテン越しに明かりが洩れていて、家庭の暖かみを感じさせる。

庭は暗く闇に沈んでおり、玄関ポーチにほの暗い明かりがついていた。門柱の脇にも背の高い明かりが立っている。

石神は、インターホンのボタンを押した。家の中でチャイムが鳴るのがかすかに聞こえてくる。

「はい」

片山幸恵の声が聞こえてくる。

「昼間おじゃました石神ですが」

「何です？」

「よろしければ、ご主人にもお話をうかがいたいと思いまして……。ご在宅ですか」

「もう話すことなどないと申し上げたはずです」

「どんなつまらないことでもいいんです。直接会って、お話ししたいもので……」

「帰ってください。もう、兄のことは忘れたいんです」

「そう言わず、どうかお願いします」

このまま押し問答を続けていれば、必ず相手はドアを開ける。経験上、石神はそのことを知っていた。

インターホンで話を続けるのは、世間体が悪い。しかも、四ヶ月ほど前は、マスコミがこの家の前をうろついていたのだ。

インターホンが切れた。

石神は、もう一度ボタンを押した。嫌がらせをしているわけではない。話を聞く必要があるだけのことだ。

石神にも意地がある。話したくないと言われてすごすごと引き返すわけにはいかない。

今度は男の声がした。

「何です？」

片山幸恵の亭主だろう。まさか、この時間に間男がいるとも思えない。

亭主が帰宅していたとはついている。このツキが続いてほしいと思った。

「石神探偵事務所といいます。ご主人ですか？」

「妻は話したくないと言っている」

「いえ、奥さんにはもう話をうかがいました。ご主人とお話ししたいんです」

沈黙の間があった。

相手は戸惑っている。悪くない兆候だ。迷っているということは、半分は会って話をしてもいいと思っていることを意味している。

「ぜひお願いします」

「義理の兄のことだとか……」

「そうなんです」

「ちょっと待ってください」

こういう場合、男のほうが押しに弱い。

やがて、玄関ドアの錠をあける音が聞こえてくる。石神は玄関まで進んだ。

ドアが開くと、若々しい恰好をした中年男が顔を覗かせた。白髪が混じっているが、髪は豊かだ。

玄関ポーチのほの暗い明かりでも、日焼けしているのがわかる。おそらくゴルフ焼けだろうと思った。

着ている服はゴルフウエアのようだ。

ゴルフウエアというのは、どうしてこうどれもこれも趣味が悪いのだろうと、石神はいつも思う。

片山幸恵の亭主は、真っ赤なセーターにクリーム色の伸縮素材のスラックスをはいていた。

かすかに酒のにおいがする。晩酌でもやっていたのだろうか。

「夜分におじゃまして申し訳ありません」

石神は言った。「仲里昇一さんについて、ある依頼がありまして……。それで、身内の方にこうしてお話をうかがっている次第でして……」

最初の関門は突破した。次の関門を乗り越えるために、石神はつとめて丁寧な態度で接していた。

「仲里は、私の義理の兄に当たりますが……」

片山幸恵の亭主は言った。「私自身は、あまりお付き合いがありませんでね……」

石神はうなずいた。

「奥さんからもそううかがっています」

「だから、お話しするほどのことは……」

石神は名刺を取り出した。

「奥さんには、渡し損ねましてね……。なにせ、ひどく不機嫌でいらしたから……」

相手は、無言で名刺を受け取った。ドアの前に立ったまま動こうとしない。石神は、玄関ポーチに立ったまま話をしていた。

「お名前を確認させてください。片山義男さんですね」

名刺を見ていた片山義男は、驚いたように顔を上げた。これは、警察官時代に何度か経験したことだ。

教えてもいないのに、警察官に、名前を呼ばれるとたいていどきりとするものだ。

「そうです」

「仲里教授がお亡くなりになったときのことを、詳しくお話し願えませんか？」

「そう言われても……。麻由美から突然電話があって、あわてて沖縄に飛んでいったんです」

「特別なことでなくてけっこうなんです。思い出せる限りでけっこうですから……」

片山義男は、しばし石神を見つめていた。こちらがどういう男か観察しているのだろう。つとめて、いい印象を与えようと、石神は、かすかに営業笑いを浮かべていた。

「兄の死のことを調べてどうなさるおつもりですか？」

「私は、ある人物の依頼で仕事をするだけです」

「どんな依頼ですか？」

「依頼の内容についてはお教えできません」

「金銭的な問題が絡むわけじゃないでしょうね」

「決してそのようなことはありません。おたくにはご迷惑をおかけしませんよ」

「もう、充分迷惑なんですがね……」

「こちらも、仕事なもので……」

片山義男は、溜め息をついた。苦情を申し立てたところで、こちらは決して引かないということに気づいたのだろう。

「ここでは、近所の眼もありますので、中へどうぞ」

玄関の中へ入れという意味だと思った。だが、片山義男は、石神のために来客用のスリッパを出した。

上がっていいということらしい。

石神は片山義男のあとについて、リビングルームに行った。想像したとおりの部屋だった。

広い部屋にカーペットが敷きつめられている。戸口を入ると、正面がベランダになっている。左手にサイドボードがあり、その中にトロフィーが見て取れた。ゴルフで何かの賞を取ったらしい。

右手にテレビが収まっている棚があり、同じ棚にビデオやその他の機材、おそらくDVDプレーヤーなど、そして、小型のステレオコンポが収まっている。

本物の柔らかそうな革を張ったゆったりとしたソファがL字型に並んでおり、その前に置かれたテーブルには、アイスバケットと水差し、グラスとウイスキーのボトルが置いてあった。

「一杯やっていたところです」

片山義男は言った。「あなたもどうです？　それとも、仕事中は飲まないのですか？」

「いただきます」

意外な待遇に、石神は少しばかり戸惑っていた。幸恵は、けんもほろろの態度だったが、義男のほうは、どうやらかなり付き合いのいいタイプらしい。女性のほうが警戒心が強いのだ。これは一般的な傾向だ。

幸恵が不満そうな顔で、石神のグラスを持ってきた。石神は、恐縮したふりをして丁寧に礼を言った。

ウイスキーは国産だが、極上のものだ。まろやかで芳醇。石神は、一口飲んで、思わずうなりそうになった。

「実はね、私は兄がどんな研究をしているかなんて、まったく知らなかったんですよ」

義男が言った。

「十年前に大手の出版社から本を出されてますよ」

「そうらしいですね。でも読んだことはない」

「仲里教授が亡くなったときには、ここにもマスコミの連中がやってきたと、奥さんからうかがいましたが……」

「迷惑な話ですよ。うちが親戚だって、どこで嗅ぎつけたのか……。沖縄から戻ったときには、門のまわりに数人いて、びっくりしました」

「葬儀を終えて、すぐに戻られたのですか？」

「二、三日、向こうにいましたね。麻由美のことを話し合わなければならなかったし、転校の手続きとかもありましたから……」

「麻由美さんは、ごいっしょにこちらに来られたのですか？」

「いいえ。ちょうど夏休みが近かったので、その学期の終わりまでは那覇の高校に通うことにしました。こちらにやってきたのは、夏休みになってからです」

「警察もやってきたんですね」

「ええ。あれは、たしか沖縄へ発つ前日です。刑事さんが二人やってきて、あれこれ訊いて行きました」

「どんなことを訊いて行きましたか？」

義男は、ウイスキーグラスを口に運んだ。水割りを一口飲むと、彼は言った。

「最近の様子はどうだったか、とか。何か特別なことは言っていなかったかとか……。経済状態はどうだったか、なんて訊いて行きました。どれも、私たちの知らないことばかりですよ。だから、そうこたえました」

石神はうなずいた。

やはり、刑事は、それなりの仕事をしていた。たいしたことを訊かなかったというのは、幸恵の嘘か勘違いだ。

「どこの刑事か覚えてますか？」

「どこの刑事？」

質問の内容がわからなかったようだ。

「東京の刑事だったか、沖縄の刑事だったか……」

「東京の刑事さんだったと思いますよ」

沖縄県警が、警視庁に協力を仰いだということだ。おそらく、所轄の刑事だろう。こういう場合、刑事はあまり本気で仕事をしない。自分たちの事案ではないので、どうしても士気が鈍る。

その点は、幸恵の言ったとおりだったのかもしれない。幸恵は、刑事の態度からそれを感じ取ったのかもしれない。

「沖縄では、警察に何か訊かれましたか?」

「いいえ」

彼らが沖縄に行ったときには、すでに調べが終わっていたということだろう。

「慣れない土地での葬儀はたいへんだったでしょうね」

「ほとんど、妻が取り仕切りましたよ。大学の関係者の方々が手伝ってくれました。私はただ右往左往するだけでした」

「大学の方々は、仲里教授が亡くなったことについて、何か言ってませんでしたか?」

「信じられないと言ってました。もっとも、葬儀を手伝ってくれたのは、兄と親しかった方々ですからね……。そうでない人は、大学の恥だとか言っていたようですが……」

「なるほど……」

想像はつく。捏造に自殺だ。

「本当に……」

片山義男は言った。「私たちは何も知らないんです。普段は、兄とはあまり付き合いもありませんでしたし、突然の死だったので……」

石神はうなずいた。

「突然、家族が増えて、たいへんでしょうね」

片山義男は、曖昧に首を傾げた。

「家族というより、下宿人みたいですね。ほとんど部屋から出てきませんし……」

「あまりお話をなさらないのですか？」

石神は、麻由美の眼差しを思い出しながら尋ねた。すべての他人を拒絶する眼差し。神秘的ですらあった。

「ほとんど話はしませんね。まあ、父親の自殺というのは、ショックでしょうからね。心に傷が残ったのかもしれないと思っています。私は、心配して病院に連れて行こうと思ったんですが……。精神的なことは専門医に任せたほうがいいでしょう。でも、妻がほうっておいたほうがいいと言うので……」

石神も専門医に任せるべきだと思った。

彼女の心は固く閉ざされているように見えた。

だが、他人が口を出す問題ではない。

「なんでもね……」

片山義男は言った。「沖縄では、ショックなことがあると、魂が抜けてしまうと、いまだに信じられているそうです。そういうとき、医者じゃなくて、なんか民間のまじない師みたいな人に頼んで、魂を取り戻すんだそうです」

「ユタですか?」

「ああ、そう。それです。妻は、ユタの家系なんだそうです。妻は、そのうち麻由美の魂も戻ってくると言っています」

「奥さんは、自分にはユタの能力はないとおっしゃいました」

「普通の人だと思いますよ。でも女房の母親はたしかにユタをやっていました」

石神は興味を覚えて尋ねた。

「麻由美さんはどうなんでしょう」

「さあね」

片山義男は苦笑した。「私は、そういうのあまり信じないし……」

その笑い顔が不自然な気がした。

石神は昼間、片山幸恵に同じ質問をしたときのことを思い出していた。彼女は、その質問をされたくないような態度だった。

そろそろ引き上げようか。

石神がそう思ったとき、片山義男がぎょっとしたように石神の背後を見た。

石神が振り返ると、リビングルームの戸口に仲里麻由美が立っていた。くせのない長い髪にアーモンド型の大きな目。彼女は、石神をまっすぐに見つめていた。

「やあ……」

石神は言った。「昨日はどうも……」

石神は、仲里麻由美が食ってかかるのではないかと思った。

何で家にまで来るのよ。

父のことを調べ回ってどうするつもり。

そんなことを言われるのではないかと、心の中で身構えていた。

だが、仲里麻由美は無言のまま戸口に立っている。例の神秘的な眼をしていた。

たしかに、こっちを見ている。だが、その眼に俺の姿は映っていないのではないか。

そんな気がした。そう思わせる眼差しだ。

「どうしたんだ？」

片山義男が尋ねた。

無理に明るい声を作っているように感じた。石神は、片山義男の顔を見た。

やはり無理に作ったような笑顔を浮かべている。まるで、仲里麻由美を恐れているようだ。

突然、思春期の少女が家族に加わった。扱いづらいのだろう。しかも、彼女は父親の自殺で傷ついている。

どうしても、腫れ物にさわるような態度になってしまうのかもしれない。

石神は、仲里麻由美に眼を戻した。彼女は、片山義男の問いをあっさりと無視した。

「父さんのことを調べると言ったね？」

仲里麻由美が石神に向かって言った。「それ、本気なの？」

石神はうなずいた。

「もちろん。依頼を引き受けたからには、ちゃんと仕事をする」

「何をどう調べるの？」

「正直言うと、まだわからない。今は手探りの状態だ。だから、こうして叔父さんや叔母さんにも話を聞いている」

麻由美は、まっすぐに石神の眼を見ている。石神は柄にもなく、落ち着かない気分になってきた。

彼女の眼を見ていると、嘘をつけないような気分になってくる。

「父さんが死んだのは、四ヶ月も前のことよ。今さら、何がわかるの？」

「調査をしてみなければわからない」

「叔母さんや叔父さんは何も知らないんだよ」

「そうらしいな」

「あたしにも、父さんの気持ちがわからない。家族や親戚が何も知らないのに、あなたに何が調べられるというの？」

「俺は、プロの探偵だ。探偵になる前は警察官だった。調査の方法は心得ている。家族が知らないことだって調べ出せるさ」

仲里麻由美の表情に変化はない。

彼女は能面のように無表情に話し続けている。そのせいで、ひどく奇妙な印象を受ける。人間と話をしているような気がしない。

「あの子、あたしの理解者になるつもりだと、あなた、言ったよね」

園田圭介のことだ。

「言った」

石神はこたえた。

「あなた、それを信じてる？」

「信じている。だから、依頼を引き受けた」

「あたしの何を理解するというの？」

「それは、園田圭介に聞いてくれ。俺はただ、彼が本気であることを感じ取ったに過ぎない」

仲里麻由美は、ごく短いあいだ無言で石神を見つめていた。

石神はさらに落ち着かない気分になった。心の中を読まれているような気がしてくる。おそらく、ユタの血を引いているなどという話を聞いたからそんなことを思うのだろう。いつの間にか、別の戸口に片山幸恵が立っていた。そちらは台所のようだ。彼女は、黙って麻由美と石神のやりとりを聞いていた。

片山義男も口を出そうとしなかった。

麻由美に気をつかっているのかもしれない。心に傷を持った、多感な少女。扱いにくいのはわかる。

だが、気をつかいすぎるのは逆効果だろうと石神は思った。片山夫婦には子供がいない。若者とどう接していいのかわからないのかもしれない。

「あなたはどうなの？」

仲里麻由美が石神に尋ねた。

「何がだ？」

「あの子と同じく、あたしの理解者になってくれるの？」

「それは俺の役目じゃない」

石神は、台所の戸口に立っている幸恵を見、それから振り返って義男を見た。麻由美に視線を戻すと言った。「叔母さんと叔父さんがまず君を理解してくれるはずだ」

「あたしは、あなたの気持ちが聞きたい」

「俺の気持ち？」

「あの子の依頼を受けたんでしょう？」

能面のように無表情で美しい少女。その言葉にも感情の起伏は感じられない。

麻由美は何を言おうとしているのだろう。

石神は、考えた。そして、唐突に気づいた。彼女は、理解をしてほしいと感じているのだ。それも、おそらくは切実に。

叔父と叔母は、おそらくその努力を最初から放棄しているのかもしれない。だから、彼女も心を開こうとしないのだ。

石神はうなずいた。

「俺も理解したい。そうすることで、何かがわかるのなら」

「本当に？」

「本当だ」

麻由美はまた、無言で石神を見つめた。

何かを考えているのだろう。

「沖縄へ行くの？」

彼女が尋ねた。

「もちろんだ」

彼女がゆっくりとうなずいた。

「あたしもいっしょに行く」

石神が何か言う前に、片山幸恵が言った。

「ま、何を言いだすの」

麻由美が幸恵を見た。

石神も幸恵を見ていた。

幸恵は、居心地悪そうに身じろぎをすると、言い訳をするような口調で言った。

「だって、学校があるでしょう」

麻由美が幸恵に言った。

「学校なんてどうでもいい」

「どうしてあなたが、沖縄に行かなくちゃならないの。その人の仕事なんて、あなたに関係ないでしょう。探偵なんて言ってるけど、たぶん、ここにやってきたマスコミと同類なのよ。あなたのお父さんの死をネタに、金を稼ごうとしているだけ」

これは聞き捨てならない。

「奥さん」

石神は言った。「言っておきますが、この調査はたいした儲けにはならないと踏んでいるんです。もしかしたら、赤字が出るかもしれない。それでも引き受けようと思ったのは、依頼人が熱心だったからだ。金儲けをしたいのなら、こんな手間のかかる仕事など引き受けません。浮気調査や身上調査のほうがずっと簡単で金になるんです」

幸恵は石神を睨みつけ、さっと眼をそらした。

麻由美が言った。

「あたしが沖縄に行くのは、あたしも、父さんが自殺したことに疑問があるからだよ。あたしの意志で行くんだ」

「自殺したことに疑問がある？」

石神が尋ねた。

麻由美が石神のほうを見た。

「父さんが自殺するなんて、信じられない。あたしはまだ信じていない」

それは、単なる肉親の感情だろうか。

誰だって、自分の親が自殺などしたら、信じられないと思うだろう。それだけのことなのだろうか。

「その点については、ゆっくりと話がしたいな」

石神が言うと、麻由美がこたえた。

「あたしは、まだあなたを信用していない。信じられるとわかったら、話をする」

石神はうなずいた。

「いいだろう」

潮時だと思った。石神は立ち上がった。「沖縄に行く日取りが決まったら、知らせる。携帯電話を持っているか？」

麻由美はうなずいた。石神は、彼女の携帯電話の番号を訊いた。

「簡単に電話番号なんて教えるもんじゃありませんよ」

幸恵が言った。麻由美は気にした様子はなかった。彼女は、叔父や叔母よりも石神を信じようとしている。そんな気がした。

それはなぜだろうと考えた。

考えてもわかるはずはなかった。

「夜分におじゃまして、申し訳ありませんでした」

石神は、片山夫婦に言った。「失礼します」

石神が玄関に向かうと、片山義男がついてきた。

靴を履いていると、片山義男は、そっと言った。

「参っているんですよ……」

石神は、眼を上げて義男を見た。

「参っている？」

「私たちの言うことなんて、聞きやしない。見たでしょう、あの態度。何考えてるか、まったくわかんないんですよ」

「なるほど……」

「あたしら、二人とも、子供があまり好きじゃなくてね……。だから、子供は作らずに、それぞれ生きたいように生きようと決めたんです。そこに、突然、あの子がやってきたんだから……」

苦労をわかってくれと言いたいのだろう。たしかに、たいへんなのはわかる。だが、麻由美はもっとたいへんなはずだ。

石神は言った。

「子供というのは、大人の気持ちを敏感に感じ取るようですよ。あなたたちが、彼女を迷惑だと思っていたら、彼女はいつまでたっても心を開こうとしないでしょう」

義男は驚いた顔で石神を見た。

石神は、なぜか腹が立った。

「ま、私も独身で子供がいませんから、偉そうなことは言えませんがね。でも、これだけは言えます。どうせ、面倒を見るのなら、本気でやられたほうがいい。失礼します」

石神は、義男が何か言い返す前に玄関を出てドアを閉めた。

北風が強く、石神は思わず肩をすくめた。駅までの夜道を歩きながら、麻由美の暗く沈んだ眼差しを思い出していた。

7

北風が吹いている。

曇り空で、時折薄日が差すが、海は冷たい鉛色に見えており、小さな風波が立っていた。

砂浜だが、砂の目が荒くざらざらとしている。砂というより小砂利の感じだ。それでも、浜には、色とりどりのスーツが並んでいる。

ここで潜るのか……。

石神は、うんざりした気分で海を眺めた。口髭を生やした目の細いインストラクターがてきぱきと指示を出す。

石神の隣には、明智がいた。

「どうせなら、もっといい季節にライセンスを取りたかったな……」

石神は思わず愚痴をこぼしていた。

明智が言った。

「今が絶好の季節ですよ」

秋も深まり、じきに冬が来ようとしている。海で遊ぶのにいい季節とは思えない。明智が自分の装備を用意しながら、説明した。

「伊豆の海は、温かい時期は濁っているんです。海草も多くて潜るには適していない。今頃から透明度がよくなるんです。秋から年内一杯がベストシーズンですよ」

石神は、西伊豆の大瀬崎にやってきていた。前日、一日の講習を渋谷区富ヶ谷にある「バディー」というダイビング・ショップの店内で受け、今日は、実習にやってきたのだ。

一泊で、四本潜ることになっていた。

ウイークデイということもあり、受講生は石神一人だった。一人では、講習の予定を組めないと言われた。それはそうだろう。ショップから車で東名高速を飛ばして大瀬崎までやってきて、機材を貸し出す。それで受講生が一人では採算が合わない。

そこで、明智がファンダイブをやりに同行することになった。二人ならば、なんとかしてくれるという。

大瀬崎は、小さな湾だ。遠浅で、プールのような講習ができるらしい。

講習では、何メートル潜ると何気圧になるとかいう理論や、ダイブテーブルという表の見方などを習った。何メートルに何分潜ったら、何分休んで次のダイブは、何メートルに何分潜れるかといったことを計算するための表がダイブテーブルだ。どうせ頭には入っていない。

「俺はこんなことをしていていいのか？」

石神はつぶやいた。隣にいる明智に問いかけるというより、むしろ自問だった。

明智は平然と言った。

「必要なことです」

「俺はこんなことをするために探偵になったわけじゃない」

「どんなところでもフィールドワークができるというのは、強みになりますよ」

「フィールドワーク？　俺は学者でもジャーナリストでもない」

「先生は、一度ＵＦＯやらピラミッドやらが絡んだ事件を手がけました。そして、今回は海底遺跡に関わる事件を調査しています。それが先生の売りになるんですよ。今後も、その類の依頼が増えるかもしれません」

「その話は前にしたはずだ。俺は好きこのんでそういう仕事をしているわけじゃない。今回の事件だって、俺は、仲里教授が自殺だったかそうでなかったかを調べるのが仕事だと思っている」

「それでは済まなくなると思いますよ」

「それに、世間は探偵がどんな仕事をしているか、なんて気にしてやしないさ」

「でも、園田圭介はかつての事件のことを知っていた。インターネットで知ったと言っていました。それで先生のところにやってきたんじゃないですか」

石神はうめいた。

「本当は、引き受けたくなかったんだがな……」

「今さら遅いですよ」

「その話は終わりだ。とにかく、ダイビングのライセンスが必要になるかもしれないというおまえの口車に乗せられた俺が悪いんだ」

「きっと、現地に行って、ライセンスを取っておいてよかったと思いますよ」

バディーのインストラクターが声をかけてきた。これから、ウェットスーツを着るのだ。レンタルのウェットスーツなので、サイズがぴったり合わず、多少冷たい思いをするかもしれないと言われた。

ぴったりとサイズが合ったウェットスーツは、皮膚とスーツの間の水が暖まり、保温の役目を果たしてくれる。サイズが合わずに隙間があると、そこに余分な水が流れ込んで温度を下げるのだという。

それを防ぐために、フードベストというものを貸してくれた。すっぽりと頭からかぶり、胸までを覆うものだ。伸縮性があるが、かぶってみると、首やら胸やらが締め付けられて苦しい。

隣で、明智も着替えをはじめた。意外とたくましい体つきをしている。普段、事務所にいるときは、背を丸めてパソコンに向かっているので、そんな印象はなかった。

明智は、真っ黒いゴムのウェットスーツを着はじめた。ロクハンと呼ぶのだそうだ。ウェットスーツの中で、一番温かいのだという。

石神は、苦労してウェットスーツを着た。コツがつかめないので、力ずくで着ることになる。

着るだけで息が切れた。全身が締め付けられるようで、息苦しい。ウェットスーツを着ただけで、なんだかパニックを起こしそうな気分になってくる。

まず、マスクとシュノーケル、フィンだけを着けて海に入る。一度首まで浸かってしまえば、それほど寒さを感じなくなった。

ウエイトベルトを着けて、シュノーケリングの練習をする。これは、学生時代に経験があった。房総の海で、マスクとシュノーケルを着けて素潜りをしたことがある。

若い頃、海は嫌いではなかった。泳ぎにもそこそこ自信はある。だが、警察に入ってからというもの、海に出かけた記憶というものがない。

潜っては浮上してシュノーケルクリアをする。それを何度も繰り返した。シュノーケルクリアというのは、勢いよく息を吐いてシュノーケルの中に入った水を取り除くことをいう。

海から上がって一休みすると、いよいよスキューバの装備を装着した。まず、タンクにBCジャケットというものを取り付ける。

BCジャケットというのは、エアで膨らませて浮力を調節するためのもので、ベストのような形をしている。いざというときのライフジャケットの役割もする。

それから、エアタンクの先端にあるバルブにファーストステージと呼ばれる器具をしっかりと止める。ファーストステージというのは、第一減圧部ともいわれる。これに口にくわえるレギュレーターがエアチューブでつながっている。

さらにファーストステージには、BCジャケットに空気を送り込むためのチューブと、残圧計が付いている。

残圧計は、タンクの中のエアがどれくらい残っているかを示すものだ。残圧計には、コンパスも付いていた。

一度装着してから、また外し、もう一度やらされた。それから、インストラクターがそれをチェックした。

エアタンクのバルブを開けるように言われた。一瞬、しゅっという音が聞こえて、残圧計が小さく揺れた。

エアタンクのバルブは、すべて開けきってから、少しだけ戻すように言われた。開けきって止まった状態だと、触ったときに閉まっているのか開いているのかわからなくなるからだそうだ。

そういうものかと思いながら、言われたとおりにした。しっかりバルブを開けきってから、少しだけ戻す。

残圧計を確認するように言われた。

百八十を示している。それをインストラクターに告げる。

レギュレーターをくわえると、何度か呼吸してみるように言われた。やってみると、冷たく乾いた空気が口の中に飛び込んでくる。

警察の訓練を思い出して、いつしかきびきびと返答している自分に気づいていた。実際、こうした訓練は、警察や軍隊の訓練のようにやるのが一番だと思う。

気を引き締めていないと事故にあうことになる。拳銃の扱いと同じだ。

「それでは、フィンを手に持って、水に入りましょう」

インストラクターが言った。

いよいよ潜るのだ。心臓がどきどきしてきた。それが、緊張のためなのか、慣れないウェットスーツを着て、なおかつタンクを背負って動いているためなのかわからない。

たしかに、ウェットスーツの締め付けは、心理的な圧迫になる。慣れればそうでもないのだろう。

腰まで海水に浸かり、フィンを着ける。明智が肩を貸してくれた。それでようやくフィンを着けることができた。タンクの重さでバランスが取れない。

肩を貸してやろうとしたら、明智は、助けなしに、さっさとフィンを装着してしまった。

石神はちょっと悔しかった。

インストラクターが先に潜った。まだ背が立つ深さから潜っていった。石神は、顔を水につけたときに、波に叩かれ思わず顔を上げそうになった。

しゃにむに潜る。すると、とたんに静寂に包まれた。自分のうめき声が内側から聞こえてくる。

インストラクターが、海底で座っていた。同じようにしろと、手で合図してくる。

石神は、なんとか座ろうとするが、体が浮き上がってうまくいかない。バランスをうまく取ることができない。

そのとき、石神は自分が息を止めていることに初めて気づいた。水の中では反射的に息を止めてしまう。

レギュレーターで呼吸ができるということが、理屈では理解できても、体が実感できていない。

石神は、息を吐き出し、吸ってみた。力強くエアが流れ出てくる。不思議な感覚だった。水の中で呼吸をしている。

それが実感できると、少しだけ落ち着いてきた。なんとか海底で座ろうとする。インストラクターが体を支えてくれた。

ようやく体が安定してくると、インストラクターは自分のマスクをずらして水を入れた。それを鼻から噴き出すエアでマスクから追い出して見せた。マスククリアという技法だ。

それから、インストラクターはやってみろと石神に手で合図した。

石神は、マスクをずらした。すると、冷たい水がどんどんマスクにたまっていった。

マスクの上方を押さえて、下を向き、鼻からエアを吐き出しながら顔を上げる。

マスクの中から水がなくなっていた。

インストラクターは、オーケーサインを出した。

それから、ついてくるようにと合図して深みのほうに泳ぎだした。石神は泳ぎだそうとする。

すると、また体が浮き上がりはじめた。素潜りの要領で頭を下げた。ようやく体が下方に向かって進みはじめる。

泳ぎには自信があったが、スキューバダイビングはまるで勝手が違う。窮屈なウエットスーツとBCジャケット、タンク、レギュレーターという装備が行動を抑制しているように感じられる。

フィンキックも思うようにいかない。

明智は、石神がマスククリアの練習をしている間、近くをのんびりと泳ぎ回っていた。インストラクターと明智は、力を抜いてゆったりとフィンキックをしているように見える。

一度のキックでしっかりと水を捉えて、ゆうゆうと進んでいく。それについていくために、石神はばたばたとキックを繰り返さなければならなかった。

それだけで、息が切れてくる。

しばらく砂地の上を行くと、急にごろごろとした岩が積み重なっているところに出た。そこから急に深くなっている。

インストラクターは、その深みに進んでいった。

急に耳が刺されるように痛みだした。

耳抜きをしなければならないのを忘れていた。鼻をつまんで息をため、力を入れる。ぽこんと耳が抜けて、急に楽になった。

明智は、のんびりと周囲を見回しながら魚のように泳いでいる。

くそっ。

石神は屈辱を感じた。初心者ってのは、情けないもんだな。

ブイが浮かんでいるところまで来て、浮上の練習をした。泡より早く浮上するなと言われていた。

だが、まっすぐ浮かぼうとキックをするのだが、今度はなかなか浮上できない。キックを繰り返すために、また息が切れてきた。

その苦しさで、緊張感が高まってきた。それが不安感に変わる。楽に息を吸いたいと切実に感じる。

大きく口を開けて息を吸いたい。

鼻からも息を吸いたい。

そう思った瞬間に、たまらない気分になってきた。マスクもレギュレーターもはぎ取りたくなってくる。

そうした瞬間に、溺れ死ぬことはわかっている。だが、その欲求は切実で、感情が爆発しそうになっていた。

ごうごうとエアを吸う音が聞こえる。レギュレーターからは、激しく泡が噴き出している。

やがて、ようやく明るい海面が見えてきた。海上に顔が出た。赤い大きなブイが見えたので、それにしがみつくようにつかまった。

レギュレーターを外して、大きく口を開けて大気の空気を吸った。あえいでいる。

口に塩辛いしぶきが飛び込み、咳き込んだ。

インストラクターが、その様子を眺めている。

「深呼吸してください」

インストラクターの冷静な声が聞こえてきた。

石神は言われるままに、大きく息を吸い、そして吐いた。それを何度か繰り返すうちに落ち着いてきた。呼吸もおさまってくる。

「しんどいな……」

石神は言った。「たしか、講習で、ダイビングは歩くよりも体力を使わないとか言わなかったか?」

「慣れですよ。さあ、呼吸は落ち着きましたか?」

「ああ。だいじょうぶだ」

「じゃあ、もう一度潜行です。岸まで戻りましょう」

石神はレギュレーターをくわえた。それから、また、ばたばたと泳ぎながら、岸に向かった。

＊

午後にもう一本潜って、ともあれ、一日目の講習は終わった。

講習が終わると、石神はぐったりしていた。何もする気が起きない。風呂に入って暖まるとようやく人心地がついた。

夕食まで時間がある。石神は民宿の部屋でぼうっとしていた。ほとんど放心状態だった。同室に泊まる明智が何かを書いている。

「何やってんだ？」

石神が尋ねると、明智は顔を上げぬまま言った。

「ログを付けているんです」

「ログ？」

「その日のコンディションだとか、見た魚だとかの記録を付けておくんですよ」

「まめなこったな」

「ダイバーは誰でもやりますよ」

石神はごろりと横になった。

ログを付け終えた明智が言った。

「本、読み終わりましたよ」

「本？」

石神は生返事をする。

「仲里教授の本ですよ。『沖縄古代文明へのアプローチ』です」

「ああ、そうだったな……」

石神は、寝ころんだまま言った。「どんなことが書かれていた？」

「簡単に言うと、ムー大陸は沖縄だった、という話ですね」

「それくらいは、ぱらぱらとページをめくってみただけでもわかる。詳しく教えてくれ」

「まず、ムー大陸というのは何か、から始めなければなりませんが、これは長くなりますよ。ムー大陸を世に知らしめたのは、ジェームズ・チャーチワードという人物で……」

「昔太平洋にあった大陸だというんだろう。だが、今ではそんなものはなかったと言われている」

「そうです。仲里教授も地質学的に、太平洋にはそんな大陸は存在しなかったと言っています」

「陸橋の図を見た。大昔には、沖縄は中国大陸と地続きだった。そして、琉球諸島は、連なった一つの陸だったらしいな。それが、ムー大陸だと言っているのか？」

「簡単に言えばそうですが、それを裏付けるためにさまざまなデータや文化的な考証を次々と挙げているんです」

「例えば、どういうことだ？」

「仲里教授は地質学者なので、沖縄の陸橋がどういう時代にどういう形をしていたかを、かなり正確に知ることができました。それによると、沖縄の陸橋は、ゆっくりと水没したのではなく、突然に海底に沈んだらしいのです。山の部分が島として残り、今の南西諸島になったわけです」

「それで……？」

「ムー大陸は、一夜にして沈んだという伝説を持っています。でも、太平洋にはそんな大陸は存在しなかった。これは地質学的にも明らからしいです。太平洋のど真ん中になかったとしたら、その周辺にあったかもしれない。そして、太平洋周辺で、突然沈んだ陸地は、沖縄の陸橋だけだってことです」

「なるほどな……」

「そして、その水没は、約一万四千年前のことではないかと推定しています。つまり、紀元前一万二千年……」

「おいそれは……」

「そう。僕たちは、例の事件で超古代文明のことを調べました。その結果、さまざまなオーパーツを残した、われわれの知らない超古代文明が滅んだのではないかと言われている年代が、紀元前約一万一千年。地質学の時間的な曖昧さを考えれば、これは、もうほとんど同時期と考えてもいいですよね。つまり、沖縄陸橋が没したのも、紀元前一万一千年のことだったかもしれません」

「仲里教授の本は、超古代文明のことにも触れているのか？」

「いいえ。それは、僕が考えたことです」

石神は、うなった。

超古代文明は、たしかに存在したかもしれない。

過去にピラミッドなどのオーパーツに関わりのある事件を調べたときに、石神はそう感じたことがある。

超古代文明の担い手は、滅亡前にその卓越した天文観測の記録や数学の知識をメッセージとして残した。それが、エジプトや中米に残されたピラミッドの秘密だ。

そして、地軸の揺らぎ、つまり歳差運動の一周期から割り出される数字をあらゆる宗教の中に残した。

例えば、ユダヤ教の最大の秘密は、数秘学だ。イエズス・キリストは、その数秘学を公開し、一派を築いたのだ。それが、聖書に比喩的にちりばめられた数字だ。つまり、神は数字だった。

そして、そうした知識を残した超古代文明は、ほとんど一瞬にして滅んだと考えられている。

おそらくは、突然やってきた全地球規模の災害によって滅んだのだ。その災厄は、おそらく流星群や彗星によってもたらされた。

巨大な隕石や彗星のかけらが地球に衝突し、陸地を両極に押しやるほどの激変を地球に与えた。シベリアの凍土に閉じこめられた動物たちがそれを物語っている。

シベリアの凍土の中に、温帯や熱帯の動物が氷漬けになっているらしいが、そうした激変でしか説明がつかない。

そして、その天体が地球に衝突したのが、紀元前一万一千年頃のことだと主張する学者がいる。地球で文明が誕生するはるか前のことだ。

だが、ギゼの大ピラミッドやスフィンクスをはじめとするオーパーツのいくつかは、紀元前一万一千年以前に、高度な文明が栄えていたことを示しているのだという。

エジプトやマヤの文明は、人間の生活には不必要なほどの天文学の知識を残している。また、バチカンにも天文学に関する秘密の書類が封印されているという。これは、文明が天体の衝突によって一度滅んだことを意味しているのかもしれない。

天体に注意しろというメッセージなのだ。

石神はそんなことを思い出したが、それが今回の調査と関係あるとは思えなかった。

「おまえの考えはいいから、本の内容だけを教えてくれ」

「まず、地質学によって、沖縄陸橋が突然水没した可能性を示しています。その裏付けの一つが、沖縄トラフと呼ばれている海底のへこみです」

明智の説明によると、沖縄トラフというのは、九州の南端から台湾にかけて、沖縄・南西諸島に沿って、西側に走る細長い海底の溝だという。

そこでは、活発な火山活動が観測されており、地下にはマグマと火山性のガスがたまっている。

一方、太平洋の側から沖縄・南西諸島の下に、フィリピン海プレートと呼ばれる岩盤がゆっくりと潜り込んできている。

フィリピン海プレートの動きによって、沖縄トラフに裂け目が生じる。すると、地下にたまっていたガスとマグマが噴き出し、その分、地面が落ち込む。

何百万年にもわたって、それが繰り返され、今のような沖縄トラフが形成された。つまり、沖縄陸橋は、きわめて活発な火山活動を行う地帯にぴったりと接していた。

一方、ムー大陸を世界に広めたチャーチワードは、大陸が沈んだ原因にガス・チェンバー説を上げている。

ムー大陸の地下には、いくつもの火山ガスがたまった空洞があった。あるとき、火山活動によって、そのガスが一気に噴き出す。圧力を失った空洞は潰れ、それによって大陸も海の底に没したのだという。

太平洋とその周辺部で、地質的にこのガス・チェンバーに相当するのは、沖縄トラフだけだと、仲里教授は書いているらしい。

地質学者が言うのだから、本当なのだろう。

「それが、地質学的なアプローチ」

明智は言った。「さらに、仲里教授は、文化的なアプローチを試みていますね。沖縄の古い文化は、チャーチワードが述べているムー大陸の文化と類似性があるというのです」

明智は、まず、神殿のことを説明した。

チャーチワードによると、ムー大陸には、屋根のない石造りの神殿があり、そこで太陽信仰が行われていた。

沖縄にも、グスクと呼ばれる屋根のない石造りの建造物がある。

ムー大陸の支配者は、ラ・ムー、つまり、太陽の子と呼ばれていたが、昔、沖縄の王も「天日子《テダコ》」つまり同じく太陽の子と呼ばれていた。

ムーの人々は航海術に長けていたが、古来沖縄の人々もそうだった。糸満《いとまん》の漁民は、古くから遠くインド洋まで出かけて漁をしていたと言われている。

さらに、イースター島のモアイ像は、ムー大陸文明の名残と見る向きも多いが、沖縄にもモアイという言葉があるという。

モアイ墓と呼ばれる石の建造物だ。現在は「模合い」の字が当てられ、共同所有の意味だそうだ。

沖縄のモアイ墓というのは、知人・友人などが金を出し合って作った共同墓地のことだという。

「沖縄の信仰は基本的には太陽信仰とニライ・カナイ信仰です。ニライ・カナイというのは海の彼方の神が住む場所です。そこから神がやってくると信じられていて、今でもニライ・カナイのお祭りが行われているそうです。そして、太陽信仰はもともと沖縄にあった古い信仰であり、ニライ・カナイの信仰は、沖縄の古い大陸が海底に没した後に生まれた信仰ではないかと、仲里教授は推理しています」

「だが、太陽信仰なんてどこにだってあるだろう。日本だって言ってみれば太陽信仰だ。天照大神《あまてらすおおみかみ》は、太陽の神様じゃないのか」

「仲里教授に言わせれば、それももともとは沖縄の信仰だったかもしれないってことになるんです」

「どういうことだ?」

「日本にはいろいろな信仰が入り交じっています。あの世という考え方は、明らかにアイヌ人の信仰が反映しています。先祖崇拝は、中国の影響です。山に対する信仰、そして、火に対する信仰。これは、古代の日本が民族のるつぼだったことを物語っていると言われています」

「何が言いたいんだ？」

「仲里教授は、日本の古代文化の大きな勢力が沖縄にあったと言っているのです」

「何だ、それは」

「邪馬台国です」

「邪馬台国が沖縄にあった……？」

なんだか、話がとんでもない方向に行きそうな気がした。

「そう。それを主張したのは、琉球大学の木村政昭という教授ですが、仲里教授は木村教授の説を支持するという形を取っています。木村教授も、仲里教授同様に沖縄がムー大陸だったという説を唱えています。仲里教授は、本の中でそのことについても触れています。つまり、沖縄・ムー大陸説は自分の思いつきではないと言っているんです」

「仲里教授だけじゃなかったのか」

「木村教授も仲里教授と同じく、地質学者です。木村教授は、最近地震予知で有名になりました」

「二人とも考古学者じゃない……」

「木村教授は、沖縄の人々のルーツを『港川人《みなとがわ》』や『山下洞人』ではないかと言っています」

「何だそれは……」

「今から二万年から三万年前に住んでいたヒトだそうです。骨が沖縄本島で見つかっていて、その特徴には現在の沖縄県人と共通するものがあるそうです。つまり、沖縄陸橋が地殻変動のような天変地異で海中に没したとき、そこに住んでいたのは、『港川人』や『山下洞人』だったろうということです。そして、これらの人々が、邪馬台国を築き、ムー伝説を生んだ……」

「仲里教授は、そういう木村教授の説を受け容れているわけだな？」

「そうです。そして、それを発展させようと試みていました。例えば、沖縄弁です。沖縄弁は、変わった方言です。僕たちが聞いてもちんぷんかんぷんです。でも仲里教授は、沖縄弁こそが、古い日本語を残しているのであり、本土に渡って日本語は変化したのだと言っています。それは音韻学的にも、明らかだそうで、現在の日本語より母音の数が多く、方言というより原型だろうと考える学者がいるらしいのです」

「ふうん……」

石神は、ただそう言うしかなかった。

「日本民族には、いくつかのルーツがあり、ポリネシアなどの南方の民族もその一つだと考えられてきました。しかし、仲里教授は、それを否定し、逆に北方のモンゴロイドが沖縄づたいに日本を北上し、さらに、太平洋に広まっていったのだと主張しています。この点については、京都大学の人類学者のグループの説もそれを裏付けているということです」

明智は一息入れて言った。

「モンゴロイドが大陸から沖縄に渡ってきて、それが日本に入っていった時期が約三万年前。おそらく、これが『港川人』であり『山下洞人』なのでしょう。そして、その人々が南太平洋に広まっていったのが、約四千年前だと、京都大学の人類学グループが発表しています。つまり、これが、ムー大陸伝説を生んだのだと、仲里教授は本の中で言っています」

「沖縄の文化が南太平洋に広まり、それがムー伝説を生んだということなのか？　それが、沖縄＝ムー大陸説というわけか」

「それが結論のようですけど……」

明智は言った。「やっぱり、先生、自分で読んだほうがいいですよ。こういう本は、データをはしょると、あまり意味がないから……」

「いいんだよ」

石神は言った。「だいたいのことがわかれば……。手がかりに過ぎないんだから」

明智は、いつもの無口な青年に戻った。彼は必要のないことはしゃべらない。だが、いつものことながら、明智の記憶力には恐れ入る。実は石神は、明智の記憶力には一目も二目も置いていた。

食事の時間だと言われた。石神は、よっこらしょと声を出して起きあがった。明智が黙って食堂までついてきた。

8

翌日のダイビングは、初日よりは幾分か楽な気がした。講習をすべて終えたときは、心底ほっとした。

これで、ライセンスが手に入るのだ。

慣れないことをやったので、ひどく疲れていた。今夜はぐっすり眠ろう。

富ケ谷にあるダイビング・ショップから代々木上原にある自宅のマンションまで歩いて帰れる。それがありがたかった。

石神は、部屋に帰ると濃いめのウイスキーの水割りを作り、スウェットに着替えた。スウェットの上下で寝起きするのは、警察の独身寮にいる頃からの習慣だ。

ベッドに腰かけ、水割りをすすった。

どうも、ペースがつかめない。

石神は思った。自殺かそうでないか。それを明らかにするだけなら、やることの方向性は見えてくる。

だが、今回の仕事は、それ以外の要素が多すぎる。

自殺した仲里教授の研究の内容。そして、彼が書いた本。

仲里麻由美の存在。

依頼人の目的は、はっきりしている。

仲里麻由美のために、何かをしたい。それだけのことだ。園田圭介は、麻由美を元気づけたいのだ。

だが、依頼を受けたほうはなかなか面倒だ。何が仲里麻由美のためになるのかわからない。園田圭介は、仲里教授の無念を晴らしてくれと言った。

ふと、それがひっかかった。

何が無念なのだろう。

ただ、単に自殺しなければならなかったことが無念だということだろうか。

それとも、何かほかの意味があるのだろうか。

水割りを飲み干し、もう一杯作ろうか迷った。結局、そのままベッドに潜り込んだ。

何かを考えようとしていた。だが、それが何かを思いつく前に眠りに落ちていた。

＊

夢を見ていたようだ。

どんな夢かは忘れていた。だが、目が覚めても、妙に気にかかっていた。

海に関係していたような気がする。

生まれて初めてダイビングなどやったからだろうか。

だが、そういう実感を伴った夢ではなかった気がする。

コーヒーを飲みながら、新聞を読み、歯を磨いてひげを剃る。朝の一連のセレモニーを終えたとき、ふいに夢の中の情景を思い出した。

おそらく、沖縄だろう。青い海に色濃い緑。赤や黄色の毒々しいまでに鮮やかな花。

海におびただしい数の小さな舟が浮かんでいる。ああ、これから太平洋に旅に出る人々を見送っているのだなと、夢の中の石神は思っていた。

そのときの、妙に淋しく、切なく、妙にわくわくする気分を鮮明に思い出した。

そのときから、昨日明智が解説してくれた、仲里教授の本の内容が気になりはじめた。

仲里教授は、何か明確なイメージを持っていたに違いない。

沖縄がムー大陸だったという確信を持っていたのだ。それは、物証ではない。だが、信じるに足る何かだ。

石神は唐突にそう思った。感じたのだ。

仲里教授が信じていたものが何なのか。それはわからない。だが、教授は、心の中に、目撃したに等しいイメージを持っていたに違いない。

そんな気がしてきた。

ばかな……。

石神は、自らその思いを否定しようとした。そんなことはどうでもいいはずだ。

今日はこれから、沖縄に行く日取りを決めて、警視庁に電話をする。発つ前に連絡すると、第一機動隊の元橋と約束をしていた。

別に約束を守る必要はないと思ったが、後々何かもめ事があったときに面倒なことになる。

これからは、探偵の実務の時間だ。ムー大陸などどうでもいい。

石神はそう思いながら、乃木坂の事務所にやってきた。

今日は金曜日だが、なんだか月曜日のような気がした。二日間、大瀬崎にいたせいだ。

刑事のときも、探偵になってからも曜日などあまり関係ないはずだが、やはりどこか意識しているのかもしれない。

土日は、明智が休みだからかもしれない。朝、明智が現れたときは、おやっと思ってしまった。

明智は、石神の反応などお構いなしに、いつもの作業をはじめる。まずコーヒーをいれて石神のところに持ってきて、それからパソコンのスイッチを入れる。

石神も自分の用事に専念することにした。

警視庁に電話をして、第一機動隊の元橋を呼び出してもらう。第一機動隊の主な任務は、警視庁庁舎の警備だ。訓練でもないかぎりおそらく席にいるだろう。

思った通り、元橋は電話に出た。

「来週の月曜日に、沖縄に発ちます」

石神は言った。

「わかった」

尊大という言葉を絵に描いたような、元橋の姿が目に浮かぶ。そんな声音だった。

「島袋課長にはいちおう連絡しておくから、会いに行くといい」

「ありがとうございます」

こちらは、世話になったら礼を言うくらいの、一般常識は身につけている。もう、警察官ではないのだ。

これで、礼は尽くした。これ以上話すことはない。石神は電話を切ろうとした。

「それで……」

元橋は言った。「何をしに行こうというのだ？」

「探偵の仕事です」

「だから……」

苛立った声になった。「その内容を尋ねている」

「自殺したと言われた人がいて、それが本当に自殺だったかどうか調べに行くんです」

わずかに沈黙があった。

「七月に自殺した人だと、このあいだ、言っていたな？」

「はい」

「もしかして、仲里とかいう教授か？」

石神の心の中で警戒信号が鳴った。

「これ以上はしゃべれません。口の軽い探偵は、嫌われるんです」

「おい、警察をなめてんのか」

「なめてませんよ。私も、かつて警察官だったんですからね」

「だが、今はそうじゃない。いいか。中西はおまえを特別扱いしているらしいが、俺はそうじゃない。定年まで勤め上げたＯＢなら尊敬もするが、おまえは途中で警察を逃げ出した。そして、民間人になったんだ。警察のＯＢ面するんじゃない」

石神は、密かにほくそえんでいた。

こうやって吼える警察官は少なくない。一般市民に圧力をかけることが仕事だと思っている。特に警備部の連中はそうだ。

だから別に驚きもしなければ、腹も立たなかった。

「忙しいんでね……」

石神は言った。「出張の用意もしなけりゃならない。じゃあ……」

「余計なことをつつき回して、沖縄県警に迷惑をかけるな。これだけは、言っておくぞ」

「ええ」

石神は言った。「肝に銘じておきますよ」

電話を切った。

肝に銘じるつもりなど露ほどもない。

石神は、元橋が仲里教授の名を出したことが気になっていた。

仲里教授のことは、第二の捏造疑惑、さらに自殺と、かなりセンセーショナルだったので、大きく報道されたはずだ。

単にそれを思い出したのかもしれない。

だが、石神はそう簡単に片づけてしまえるほど脳天気にはできていない。

元橋は、繰り返し沖縄県警に迷惑をかけるなと言った。元橋が言ったことを総合してみると、石神が仲里教授のことをあれこれ調べると、沖縄県警に迷惑がかかるとも考えられる。

それはどういうことなのだろう。

石神は、その疑問を頭の中にしっかりと刻んでおくことにした。

取り越し苦労ならそれでいい。だが、この世に、考えすぎということはない。一般に考えすぎと言われるときは、考えが足りないのだ。

もう一つ、心の隅にひっかかっていることがある。

忘れようとしていたが、どうやら無理のようだ。

「おい、明智」

明智は、パソコンの画面を見たまま返事をする。

「何です?」

「昨日の話、もっと詳しく聞きたいんだがな……」

「昨日の話……?」

「ムー大陸がどうとか……」

「だから、自分で本を読んでくださいって言ってるでしょう」

「余計なことは言うな」

「詳しく話せって言われても、僕はそれほど知識があるわけじゃないですよ。僕より適任の人がいます」

「誰だ?」

「依頼人の園田圭介ですよ。彼は、仲里教授のことを尊敬していたわけでしょう」

「そうだな」

石神は考えた。「それも手かもしれない。彼に連絡を取ってみてくれ」

明智は電話をかけた。便利な世の中になった。昔は、高校生に連絡をしようと思ったら学校に電話をかけて呼び出してもらわなければならなかった。今は、みんな携帯電話を持っている。

「連絡が取れましたよ」

明智は言った。「今日、学校の帰りにここに寄ってくれるそうです。四時頃になるということです」

「わかった。それから、二人分の那覇までのチケットを予約してくれ。来週の月曜日の便だ」

「二人分?」

「俺と仲里麻由美だ」

「三人分にします」

「なぜだ?」

「僕もいっしょに行きます」

石神は思わず明智の顔を見た。

「何のために?」

「一人の眼より、二人の眼。一人の耳より二人の耳、ですよ」

「必要ない。おまえは、留守番しているんだ。この事務所が空になっちまうじゃないか」

「別に空になってもいいじゃないですか」

「依頼が入るかもしれない」

「新規の依頼人が来ても、先生は手一杯じゃないですか。引き受けられないでしょう」

「それはそうだが……」

「海に潜ることになったら、僕はきっと役に立ちますよ」

「経費の無駄だ」

石神は言った。「おまえの旅費まで、あの高校生に請求するわけにはいかない」

「自腹で行きますよ」

明智は平然と言った。「だめだというのなら、休暇をください。勝手についていきます」

明智がこれほど自分の意志をはっきり前面に出すのは珍しい。何か考えるところがあるのだろうか。

もしかしたら、仲里教授の本を読んで影響されてしまったのかもしれない。

石神は考えた。

いずれにしろ、仲里教授の研究内容に踏み込まねばならないかもしれない。そのときは、明智がいてくれたほうがたしかに便利かもしれない。

沖縄＝ムー大陸説だの、邪馬台国・沖縄説だのを明智に任せてしまえば、石神は仲里教授の死因についての調査に専念できるかもしれない。

「自腹だな？」

石神は確認した。

「はい」

「いいだろう。三人分の航空チケットと、ホテルの部屋を予約しろ。ホテルはできるだけ安いところにしてくれ」

明智が予約を取ると、飛行機の時間を確認して、仲里麻由美の携帯電話にかけた。留守電サービスにつながったので、伝言を入れておくと、五分後に向こうからかかってきた。

「沖縄に行く日取りが決まった」

石神は言った。なぜか、少しばかり緊張している。

「いつ？」

「来週の月曜日だ。来られるか？」

「もちろん」

石神は、羽田空港のカウンター前で待ち合わせすることにした。

「わかった」

麻由美は言った。

「待ち合わせに遅れるな。時間までに来なければ、俺たちはあんたをおいて出発する」

「だいじょうぶ」

「じゃあな」

石神は電話を切ろうとした。

「ありがとう」

電話が切れた。

信じられない思いで受話器を戻した。

ありがとう……。

まさか、彼女がそう言うとは思わなかった。

何に対する礼なのだろう。彼女をいっしょに連れて行くことに対する礼だろうか。予約を取ってやったことに対する礼だろうか。それとも、本気で調査を始めたことに対すった。

いずれにしろ、ありがとうという言葉は、彼女の眼を見たときの印象とは隔たりがある礼だろうか。

*

四時十分過ぎに、園田圭介が現れた。

あいかわらず、おどおどとした様子だ。姿勢が悪い。思わず、しゃきっとしろと言いたくなった。

彼は制服を着ていた。紺色のブレザーにグレーのズボン。白いワイシャツに臙脂《えんじ》のネクタイを締めている。青いバックパックの肩ひもを右肩だけにかけている。

石神が高校生の頃は、学生服が常識だった。ガクランなどと言っていた。襟を高くしたり、丈を長くしたり、だぶだぶのズボンをはいたり、ちょっとツッパリがかったやつらは、いろいろと工夫していたものだ。

今では、園田圭介が着ているような制服が一般的なようだ。

「まあ、かけてくれ」

石神は言った。「今日は、君にレクチャーを受けたくて来てもらった」

園田圭介は、不安げに石神を見て、それからソファを見た。ぎこちなくソファに近づき、腰を下ろした。

明智がコーヒーを運んできた。

石神は明智に言った。

「俺にもだ」

明智は、彼の分のカップも持ってきた。三人がコーヒーを前にすると、石神は言った。

「調査には予備知識が必要だ。どんなことでも参考になる。そこで、仲里教授の本を読んでみた」

明智がちらりとこちらを見たのに気づいた。石神は言い直した。

「俺が読んだわけじゃない。あそこにいる明智が読んで、内容を俺に教えてくれた。俺は、さらに詳しく知る必要があるように感じた。そこで、君にいろいろと教えを乞うことにしたんだ」

園田圭介は、身じろぎした。緊張しているようだ。

「えーと……。何が訊きたいんですか？」

「そもそもどうして、仲里教授は、沖縄がムー大陸だった、なんて説を唱えはじめたんだ？」

「教授は、海底の地形に興味を持っていました。沖縄トラフという大きな溝が沖縄の島々に沿って走っているんですが、仲里教授は、昔からその研究をしていたんです」

「沖縄トラフのことは知っている。本に出ていた」

「同時に仲里教授は、沖縄の古い文化にも興味を持っていました。沖縄は、日本の中でも独自の文化を持っています。言葉もそうだし、音楽もそうです。そして、独特の宗教観を持っています」

「ニライ・カナイとかいうやつだろう」

園田圭介はうなずいた。

「そして、女性中心の祭礼……。沖縄では、宗教的な儀礼を仕切るのは、すべて女性なんです。ノロとかユタとか……。専門分野を研究する一方で、仲里教授はそういうことも趣味でいろいろ調べていたらしいです」

「それは、彼の家がユタの家系であることが影響しているんだろうな」

「そうだと思います。そして、仲里教授は沖縄の文化というのは、日本から入って来たのではなく、むしろ、沖縄の文化が日本に伝わっていったのではないかと考えるようになったんです」

「ああ、日本語ももともと沖縄がルーツだと考えているようだな」

「それをサポートする言語学者も何人かいます。音楽も、沖縄の音楽はペンタトニックという独特の旋法です。五つの音で構成されているのですが、日本の民謡や演歌なんかもそうです。日本の民謡と沖縄の民謡は音の構成が違うのですが、それは気候が影響しているのだろうと、仲里教授は言っています。北国に行くほど淋しい感じの音楽になります。でも、基本は同じペンタトニックです。そして、三味線も沖縄がルーツだろうと仲里教授は考えていました。日本の三味線のほうが、洗練されており、種類も多いからです。文化の伝播を考えた場合、オリジナルよりその影響を受けたもののほうが洗練されていることが多いからです」

「沖縄生まれだから、そう考えたんだろうな」

「最初はそうだったかもしれません。でも、仲里教授は、一流の研究者でした。単なる思いつきを実証しようと試みたのです。教授は、専門分野と沖縄古代文化の研究を結びつけようとしました。そして、大昔には海面が今より低くて、沖縄の島々が地続きだったことが沖縄独特の文化と関係があると考えるようになったわけです」

「沖縄陸橋だな。奄美《あまみ》大島、琉球列島、そして台湾は陸続きで、中国大陸から突き出したような形をしていた……」

「そうです。大陸からモンゴロイドが陸づたいに沖縄にやってきて住み着いた。それは何万年も昔のことだろうと、教授は考えたのです」

「たしか、沖縄本島で、二万年前とか三万年前の人骨が見つかっているんだったよな」

「『港川人』と『山下洞人』です。それが、沖縄の古代文明の担い手だったと、仲里教授は考えました」

「ムー大陸はどこに行ったんだ？　俺は、仲里教授がどうしてムー大陸が沖縄だったと考えたのかを知りたいんだ」

「それは、同業者ともいえる琉球大学の木村政昭教授の影響が大きいですね」

「その先生のことは知っている。やはり、地質学者なんだそうだな」

「そうです。木村教授は、ジェームズ・チャーチワードの『失われたムー大陸』をもとに、沖縄＝ムー大陸説を展開しました。それは、そこそこに説得力があったのですが、問題が一つありました」

「なんだ？」

「チャーチワードの著述そのものの信憑性があまり高くないという点です」

「インチキだってことか？」

「インチキとまでは言いませんが、物証があまりに曖昧なのです。チャーチワードが持論の拠り所としたのは、インドのヒンズー教の寺院に秘蔵されていた『ナーカル文書』と呼ばれる粘土板です。しかし、この『ナーカル文書』が実在のものであるかどうか、確認はされていません。さらに、チャーチワードは、『メキシコ文書』というものを引き合いに出して、それがムー大陸の存在を裏付けていると主張しました。このメキシコで発見された石板は、『ナーカル文書』とは違って実在していますが、いまだ解読されておらず、考古学的な価値も疑問視されているのです。さらに、チャーチワードは、ムー大陸の存在を裏付けるために、アトランティスについて述べたプラトンの『ティマイオス』と『クリティアス』という対話篇を引用しているのですが、これが明らかに誤読なのです」

「つまり、ムー大陸など、はなからなかったということなんだな」

「でも、ムー文化圏はたしかに存在しています」

「どういうことだ？」

「ポリネシア、ミクロネシア、メラネシアといった太平洋の島々には、共通した文化と言語があります。土器なんかの共通性から、これに日本の縄文文化を加える学者もいます。つまりですね、太平洋全域に共通した文化や言語があるということです。ほかに呼びようがないんで、とりあえずムーになぞらえている学者がいます。日本でいうと、白上陽徳や竹内均がそうです。つまり、太平洋に大陸はなかったけど、島々を結ぶ大文化圏があって、それがムーそのものだという考え方です。琉球大学の木村教授はこういった説を発展させ、大昔の沖縄の古陸をムー大陸だったと仮定し、沖縄から民族や文化が太平洋全域に伝播していったという大胆な説を立てました。仲里教授は、木村教授の説をほぼ全面的に受け容れていますが、違うところがただ一点あります」

「なんだ？」

「論証のためにチャーチワードを参考にしなかったということです。仲里教授は、ジョン・マクミラン・ブラウンという学者の説を土台に論証を進めました」

「何者だ、そのブラウンというのは」

「ニュージーランドの学者です。ニュージーランド大学の総長までつとめた、言語学者であり民俗学者です。彼は、ミクロネシア、ポリネシア、メラネシアの島々を調べ回り、『太平洋の謎』という本を書きました。たしか一九二四年のことだったと思います。ブラウンは、太平洋の島々が陸橋でつながれていた時代があって、その頃に巨石文化が花開いたという仮説を立てました。仲里教授は、この説に沖縄陸橋との共通点を見出したのです」

「巨石文化……？」

「沖縄にはグスクと呼ばれる石積みの建造物があります。グスクは城という字を当てられるので、中世の城跡のような印象を受けますが、そうじゃないんです。これは、明らかに太平洋全域に見られる巨石建造物とか、組石建造物と同じものなんです。そして、与那国島沖合の海底遺跡と同じような構造物が、ミクロネシアやポリネシアの島々にいくつも見られるんです」

石神は、すっかり園田圭介を見直していた。いつしか、彼の語り口は自信に満ちて、しっかりしたものになっていた。

その知識量と記憶力には驚かされた。よほど興味を持って調べたのだろう。琉央大学に入って、仲里教授の研究のあとを継ぎたいというのは、どうやら本気らしい。

事務所に入ってきたときのおどおどした彼とは別人だった。言葉遣いまでが違っているように感じられる。まるで、学者のような風格を感じさせる。

マジイ？　とか、ムカツクウとか言っている世代の少年とは思えない。オタクというのともちょっと違うような気がする。

要するに、園田圭介は本気なのだ。それがよくわかる。

感心していると、園田圭介は続けて言った。

「ブラウンは、特に、ポリネシア全体に残っている『ハヴァイキ信仰』に注目していました。『ハヴァイキ』というのは、ハワイやワイキキの語源となった言葉です。一言でいうと、大昔に海に沈んだ祖先の土地という信仰です。死者が帰って住む土地ともいわれていて、これは、明らかにニライ・カナイ信仰と同じものです。特に、仲里教授はこの点に着目していました」

「仲里教授は、沖縄の民族や文化、言語が太平洋に広まっていったと考えていると言ったな……」

「そうです。日本には浦島伝説があります。これは、ポリネシア、ミクロネシア、メラネシアに共通する伝説で、こうした南方系の伝説が日本に伝わったのだろうと言われていました。しかし、仲里教授や木村教授は逆だと考えたのです。沖縄にあったニライ・カナイの伝説が太平洋全域に広まって、浦島伝説の原型になったのだと考えたわけです。木村重信博士と京都大学文化人類学グループの最近の研究もこの説を裏付けています。木村博士のグループは、モンゴロイドが沖縄から日本やミクロネシアなど太平洋に広がっていったという可能性のほうが強いと言っているのです」

それは、昨日明智からも聞いていた。

「邪馬台国も沖縄にあったとか……」

「それは、もともと木村教授が発表した説ですが、仲里教授も強く支持していました。一般に『魏志倭人伝』と呼ばれている書物、正確には、『三国志魏書東夷伝倭人条』ですが、その記述をもとに、歴史学者、考古学者が邪馬台国の場所を探し求めています。今では、畿内説が有力だと言われていますが、これは、南方へ進む記述を、東へ進むと読み替えているんです。九州説を唱える学者も、原文のままだと九州を突き抜けて海に出てしまうと言って、距離を縮めたりしています。でも素直に原文を読むと、沖縄が一番有力なんです。そして、『三国志魏書東夷伝倭人条』には、倭人の特徴として、みな入れ墨をする習慣があり、海に潜って魚を捕るという記述があります。入れ墨は、海に潜るときに鮫などをよけるのに役立つのだと書かれているのです。これは、畿内にも九州にも見られない特徴ですが、かつての沖縄にはこういう風習があったのです。素直に原文に従うと、邪馬台国は沖縄以外にあり得ないんです」

「じゃあ、どうして、畿内説が有力になるんだ」

「日本の考古学者がばかだからです」

「ばか……」

「掘って出てきたものでしかものを考えない。想像力というものがないんです。考古学に想像力は必要ない。事実だけが重要だと言われています。でも、その考古学者が事実として残されている文献を無理やりねじ曲げているんです」

「まあ、考古学者については、東北の捏造事件で、俺も似たような感想を持っているがな……」

「頭の固い連中が寄り集まって作り上げた常識に縛られているんです。つまり、自分たちで作った常識に自分たちが縛られているんです。だから、出土した鏡のデザインだとか数だとか、銅剣の数だとかだけにこだわっていて、沖縄の海底遺跡なんかには見向きもしない。自分たちで作り上げた常識からはみ出したものは無視するんです。そんなの科学でも学問でもないですよ」

「つまり、仲里教授も木村教授も考古学者ではなかった。だから、沖縄の遺跡に注目して大胆な仮説を立てることができたというわけか」

「そうです。そして、海外の学者は、仲里説や木村説におおいに注目しています」

日本の考古学者がムー大陸のことなど気にするとは思えない。そんなものは無視して、古代の墓を掘ったり、副葬物をためつすがめつしているのだろう。

それもたしかに重要な仕事かもしれない。実証主義は大切だ。だが、想像力のない学問というのがどんな意味を持つだろうと、石神は疑問に思った。その点は、園田圭介に同意できそうな気がした。

石神の仕事は、物証が何より大切だ。警察時代もそうだったし、探偵の仕事もそうだ。しかし、推理というのは想像力だ。経験に裏打ちされた想像力が、物証に先立たなければならない。

学問の世界というのは、俺が想像しているよりずっと頭の固い連中の集まりなのかもしれない。

石神はそんなことを思った。

「仲里教授の考えていたことはだいたいわかった」

石神は言った。

すると、園田はちょっと慌てたように目を丸くした。

「あの……。仲里教授の説の一番の拠り所を、まだ話してないんですが……」

「なんだ、それは」

「仲里教授は、ある一つの明確なイメージを持っていたんです。それが、教授の心の拠り所でもありました。それは、教授の娘さんが夢に見る光景だと、本に書いてありました」

それは、今朝、石神自身が感じたことだったので、少々驚いた。

「教授の娘……？」

石神は言った。「つまり、仲里麻由美か？」

「そうです。僕は、彼女が転校してきて名前を聞いたとき、耳を疑いました」

石神は思い出した。仲里麻由美に初めて会った夜、園田圭介はたしかに、仲里教授がユタである麻由美のインスピレーションを参考にしていたと言った。

「それは、どんなイメージなんだ？」

「沖縄の海岸から、人々が舟で海に旅立っていくイメージです。さらには、沖縄が天変地異で海に沈むイメージ……。仲里麻由美は、幼い頃からそういう夢を何度も見て、それを教授に話していたそうです。その明確なイメージが教授の本をただのトンデモ本ではなく、ロマンチックなものにしているんです」

石神は、明智を見た。

「昨日、そんな話はしなかったよな」

明智は肩をすくめた。

「概略を話せって言われたんで、はしょったんですよ」

石神は、今朝方見た夢のことをまた思い出していた。妙に切ない気分になった。同時になぜか懐かしさを感じる。夢の印象というのはそういうものだ。

仲里麻由美が見ていた夢か……。

たしか、渋谷のクラブで最初に会ったときに、彼女が夢の話をしていたような気がする。そのときは、気に留めなかったが、今はなにがしかの意味があるように思えた。

「彼女がユタの血を引いていることに、何か関係があるのかな……」

石神は園田圭介に尋ねたのだが、その言葉はなんとなく独り言のような響きになってしまった。

園田圭介は曖昧に首を傾げて言った。

「あるかもしれません。仲里教授は、立派な学者だけど、同時に沖縄の古くからの習慣なんかを心から愛していたんです。ユタというのも、沖縄の大切な文化の一つですからね……」

「妹はそうじゃないみたいだったがな……」

「え……?」

「いや、いいんだ。こっちのことだ。それで、捏造事件のことだが、なんで、教授は捏造なんてことをやったんだ?」

園田圭介は憤然として言った。

「僕は信じていません」

「だが、そう報道された。捏造をしていないのなら、自殺なんかする理由もない」

「だから、僕は思うんです。教授は自殺なんかしていないって……」

「根拠はあるのか？」

「捏造疑惑の舞台となったのは、沖縄本島の北のほうにある宜名真海底鍾乳洞と呼ばれるところです。ここには、鍾乳石と石筍があり、それは、かつて地上にあったことを意味しています。ぽたぽたと石灰岩の成分を含んだ水がしずくになって落ち、その成分がつらら状になったのが鍾乳石で、滴った水の石灰岩成分が積もってできたのが石筍です。海の中ではできないんです。そして、この鍾乳洞が海底に沈んだのが、二万年前から一万年前の間だということがわかっているんです。そして、この鍾乳洞の中から、石器が発見されました。かつて、この鍾乳洞の中に人が住んでいた可能性があるわけです」

「たしか、そこに、文字だか絵だかが彫られた石板をこっそり置いたんだったな」

「文明の痕跡を偽造したのだと、新聞では報じられました。でも、それ、おかしいんです」

「なぜだ？」

「たしかに、沖縄からは絵や模様が彫られた石板が出土しています。木村教授は、この石板にもムー文化圏の名残があると言っていますが、どの石板も古くても十五世紀くらいに作られたものだということがわかっています。十五世紀ですよ。もちろん仲里教授だってそのことは知っていたはずです」

石神は思わず眉をひそめていた。

「えーと、どういうことだ？」

「一万年以上前に、沖縄に文明があったことを示すための偽造に、十五世紀の石板をわざわざ置いておくはずがないでしょう」

「そいつはたしかに、ばかばかしい話だが……」

「どう考えても、素人がやったとしか考えられません。中途半端な知識を持ったやつがやったんです。仲里教授のような、プロが捏造するなら、こんなばかなことはするはずありませんよ」

石神は、園田圭介の言ったことを頭の中で検討していた。

「ようやくとっかかりが見えてきたような気がする」

石神は言った。「どうして、それを最初から話してくれなかったんだ？」

とたんに園田圭介はまた、おどおどした態度になった。

「説明するチャンスがなかったんです。どこから話していいかわからなかったし……。でも、今日、話せたからよかったです」

石神は、そっと溜め息をついた。

「俺も、今日聞けてよかったと思うよ。来週の月曜日から沖縄へ行く」

園田圭介は、何か言いたそうにしていた。石神は、それを察知して言った。

「おっと。いっしょに行くなんて言いださないでくれよ。あんたは、ちゃんと学校に行くんだ。もう定員いっぱいなんでな」

「定員いっぱい？」

「そこにいる明智と仲里麻由美が行く」

「彼女が……？」

圭介は複雑な表情を見せた。

麻由美が行くと聞いて、ますます自分も行きたくなったのだろう。だが、それは無理というものだ。

修学旅行の引率じゃないんだ。子供たちの面倒を見ていたら、仕事などできなくなる。

ありがたいことに、圭介はそれ以上何も言おうとしなかった。

「とにかく」

石神は言った。「依頼されたからには、仕事は片づける。それが、仲里麻由美にとってどういう意味を持つかはわからない。それは俺の責任でもない」

園田圭介は、うなずいた。

「わかっています。それは……」

彼は、ちょっとためらった後に言った。「それは、僕の問題です」

9

モノレールを降りて約束の場所に向かうと、すでに仲里麻由美が立っているのが見えた。革のジャンパーにジーパン。渋谷で会ったときと同じような服装だ。

飾り気がない。長い髪も自然に背に垂らしているだけだ。それでも彼女は目立っていた。遠くからでも、すぐに彼女に気づいた。

スタイルがいいせいもある。だが、それだけではない。醸し出す雰囲気が、周囲から彼女を隔絶しているように感じられる。

一方で、彼女ははかなげに見えた。無力なか弱い少女だ。

「やあ、早いな」

石神は、声をかけた。精一杯の愛想だ。

仲里麻由美は、石神を見てかすかにうなずいただけだった。ほほえみも浮かべない。だが、不思議なことに無愛想な感じがしない。

そのとき石神が感じたのは、試されているという印象だった。彼女に会うたびにそれを感じる。

だから落ち着かない気分になる。

明智が、約束の時間に五分遅れてやってきた。時間に遅れているのだから、少しは急いできたという素振りを見せればいいのに、彼は悠々と歩いてやってきた。

明智もただぺこりと頭を下げただけだ。朝の挨拶も時間に遅れた詫びもなしだ。

やれやれだ……。

石神は、心の中でつぶやいた。

こんな若者二人を連れて、旅に出なければならないとは……。

搭乗手続きをして飛行機に乗り込んだ。明智は、すぐに眠った。朝は苦手のようだ。

仲里麻由美は、窓際の席にいて、ずっと窓の外を眺めていた。

＊

真新しい那覇空港を出たとたんに、季節が逆戻りしていた。

東京では冷たい北西の季節風が吹いており、次第に秋から冬へと季節が移りつつあった。沖縄は、まだ夏の名残を色濃く残している。

仲里麻由美は、革のジャンパーを着たままだったが、石神は、コートを脱ぎたくなった。これほど、気候が違うものなのか……。

昔、一度だけ夏に沖縄を訪れたことがあった。その頃の那覇空港は二階建ての小さな建物だったが、今ではすっかり近代的な空港に生まれ変わっている。

その分、殺風景になったような気がする。

タクシーで那覇の市街地に向かう。本州は紅葉の季節を迎えている。だが、那覇では緑が色濃い。

おそらく一年中緑が茂っているのだろう。花も一年中咲いているのかもしれない。

石神は、今の季節はどんな花が咲くのか麻由美に尋ねてみようとして、考え直した。観光旅行に来たわけではない。彼女は、ずっと物思いに耽っている。

故郷の景色を見て、父親のことを思い出しているのかもしれない。

久茂地《くもじ》川ぞいに立っているこぢんまりとしたホテルにチェックインした。ロビーは狭いが、居心地のいいホテルだ。だが、居心地などどうでもいい。石神はベッドとシャワーがあれば満足だった。

麻由美もホテルに泊まった。住んでいたアパートはすでに引き払ったと言っていた。もし、まだそのアパートの部屋を借りていたとしても、そこに泊まろうとはしなかっただろう。

父親と住んだ思い出がある。それは、彼女にとってはあまりに酷だ。

すぐに出かけることにした。やることは山ほどあり、時間は限られている。

一人の眼より二人の眼、一人の耳より二人の耳と、明智が言っていた。いいだろう。では、もう一人の眼になってもらおう。

石神は明智の部屋に電話をかけた。

「図書館に行って、地方紙を当たってくれ。仲里教授の捏造事件と自殺について、ありとあらゆる記事を集めるんだ。中央の記事とは違ったニュアンスがつかめるかもしれない」

「はい」

「俺は、大学を当たってくる。携帯電話を忘れるな」

「彼女はどうします？」

石神は考えた。正直言って、どうしていいのかわからなかった。

ホテルに残して行きたい。ここは彼女の故郷なのだから、放っておいてもいくらでも時間をつぶすことはできるだろう。

友達だってたくさんいるに違いない。だが、彼女が友達と遊びに行くとは思えなかった。理由はないが、そんな気がする。

「本人に訊いてみるよ」

石神はそう言うしかなかった。

電話を切ると、石神は麻由美の部屋にかけた。

「はい」

麻由美の声がこたえる。

「俺はこれから、琉央大学に行ってみる。あんたはどうする？」

即座にこたえが返ってきた。

「いっしょに行くわ」

「邪魔だと言ってもついてくるんだろうな」

「ついて行く」

「わかった。すぐに出かけられるか？」

「ええ」

「じゃあ、ロビーで待っている」

石神は、コートを着ずにジャケットだけで出かけることにした。それでもひょっとしたら汗ばむかもしれない。

ジャケットの内ポケットに那覇の地図を入れてあった。琉央大学は、那覇市郊外にある。漫湖《まんこ》に沿って走る国道３２９、通称壺川通りを中心街から南東に向かったところだ。

ロビーで待っていると、すぐに麻由美が現れた。革のジャンパーを着たままだ。暑くないのだろうか。そう思ったが何も言わなかった。ジャンパーの中は、白いＴシャツだった。何かの英文字が入っているようだが、半分以上がジャンパーに隠れており、何と書いてあるのかわからなかった。

ホテルのそばの大通りまで出てタクシーを拾った。麻由美は何も言わない。石神は、気詰まりで、咳払いをしたくなった。

別に観光案内をしてほしいとは思わない。だが、何かをしゃべってもよさそうなものだ。

「どのあたりに住んでいたんだ?」

石神は尋ねた。

「泉崎《いずみざき》というところ」

麻由美は尋ねられたことには、素直にこたえる。「大学に行く途中に近くを通る」

石神はうなずいた。

それ以上、何を尋ねていいかわからない。訊きたいことはたくさんある。

どうして沖縄についてくる気になったのか。

父親のことをどう思っていたのか。

捏造疑惑が報道されたとき、どう思ったか。

そして、父親が自殺したとき、どう感じたか……。

今は訊くべきではないと思った。

結局、タクシーが大学の正門の前に停まるまで、石神も無言でいた。

タクシーを降りると、石神は、麻由美に尋ねた。

「誰か知っている人はいるか?」

「何人かに会ったことがある。でも、話はあまりしたことがない。何度か会ったのは、父さんの助手をしていた人だけ」

「何という名だ?」

「知念朝章《ちねんともあき》。ともあきは、朝という字に文章の章だったと思う」

「理学部だな?」

「そう」

石神は、正門脇にある守衛の詰め所に近づいた。

紺色の制服を着た、年老いた守衛がいた。

「理学部の知念さんにお会いしたいのだが……」

年老いた守衛は、驚いたように石神を見た。まるで、誰かが自分に話しかけることなどないと信じていたような顔つきだった。

守衛は、戸惑っているようでもあった。

「ええと……。知念さんね……」

透明なプラスチックのホルダーに入った紙を見つめている。電話番号の一覧のようだ。

しばらくして、ようやく目的の電話番号を見つけ、守衛は電話した。

「知念さんにね、お客さんですよ。ええと……」

年老いた守衛は、石神の顔を見た。石神が名乗る前に、脇にいた麻由美が言った。

「仲里」

守衛が、彼女の顔を見た。麻由美は、もう一度はっきりと言った。

「仲里麻由美」

守衛はうなずいて、電話の相手にその名を伝えた。電話を切ると、守衛は言った。

「研究室に来てくださいとのことです。研究室は、この通りをまっすぐ行って」

「場所はわかってます」

麻由美が言った。

彼女が歩き出し、石神は守衛に礼を言ってからそのあとに続いた。

麻由美は一度も迷わず、広い大学の構内を進み、奥まった場所にあるビルに入った。エレベーターで五階に行くと、そこには両側にドアが並んだ廊下があった。

ひんやりとしたコンクリートの廊下だ。廊下の突き当たりは、ガラスのブロックを積んだ明かり取りになっており、そこから柔らかな光が差し込んでいた。麻由美は、あるドアの前で立ち止まった。立ったまま、何かを見つめている。

ドアに貼られている名前のプレートだと気づいた。おそらく、以前はそこに仲里昇一の名前があったのだろう。

今は、そこに知念朝章の名があった。教授の死によって出世したということだろうか。麻由美がいつまでもたたずんでいそうな雰囲気だったので、石神はドアをノックした。

「どうぞ」という声が聞こえた。

ドアを開けると、そこは、おそろしく雑然とした部屋だった。書棚にぎっしりと本が並んでいる。その本は部屋の住人に断りなく増殖したようなありさまで、床にまであふれ出している。

その向こうには、ガラスの戸棚があり、岩石の標本らしいものが並んでいた。さらにおびただしいファイルがあり、書類も山を成している。その山が崩壊寸前だった。

書類や本の山の向こうから、眼鏡をかけた男が顔を覗かせた。

「やあ、麻由美ちゃん。驚いたな」

眼鏡はかけているが、日焼けした精悍《せいかん》な男だった。鮮やかな緑のポロシャツを着ている。学者には見えない。笑顔が若々しい。三十歳そこそこにしか見えないが、おそらく実際の年齢はずっと上だろう。

「知念さんですね」

石神が言った。彼は、初めてそこにいることに気づいたように、石神のほうを見た。

「そうですが……。あなたは……?」

石神は名刺を取り出して、名乗った。知念は、眉をひそめた。表情が豊かな男だ。

「探偵……?」

戸惑っている様子だ。

「はい」

そのとき、ノックの音が聞こえた。知念が返事をする。誰が来たのかわかっているような様子だった。

ドアが開いて、でっぷりと太った男と、額が広い痩せた男が入ってきた。太った男は、五十代だろうか。痩せた男はまだ三十代に見えた。こちらは、知念と違って、見た目と実際の年齢はそう違わないだろう。

「お嬢さん」

太った五十男が言った。「久しぶりだねえ。お父さんのお悔やみを言う間もなく、東京に行かれたので、気にしていたんだ」

麻由美は、控えめに礼をしただけだった。

「こちら、探偵だそうで……」

知念がその男に言った。

「探偵……」

太った男は、訝しげに石神を見た。

その目つきが気に入らなかった。どうやら、麻由美が訪ねてきたことを知ってこの部屋にやってきたようだ。おそらく、知念が知らせたのだろう。

それはなぜだろう。

なんだか、ちょっとばかり怪しげなにおいがする。

石神はそう感じた。沖縄に乗り込んだという緊張のせいもあるかもしれない。先入観は禁物だな。石神はそう考えようとしていた。

10

窓から差し込む日差しは、まだ夏を思わせる。だが、知念の研究室のエアコンは働いていなかった。

狭い部屋にこれだけの人数が集まると暑かった。特に、太った男の存在が暑苦しい。

それだけで、石神はその男に反感を抱いてしまいそうだった。

その男は、訝しげに一度石神を見つめたが、すぐに麻由美に眼を戻した。

「仲里教授のことは、本当に残念だと思う。教授は、わが琉央大学の財産だった」

麻由美は何も言わない。

太った男を見返す眼が冷ややかな気がする。石神は、その男に言った。

「失礼ですが、あなたは？」

男は、むっとしたような顔で石神を見た。探偵ごときに名乗りたくはない。その顔はそう語っているように見える。

本人に代わって知念朝章が紹介した。

「こちら、佐久川吉隆教授です。社会学部の学部長です」

「社会学部の学部長？」

石神は、佐久川を見た。佐久川は、ちらりと石神を見た。尊大な態度に感じられる。地方都市では、大学の教授は名士なのだ。東京には大学教授など掃いて捨てるほどいるが、地方では立場が違う。

「次期副学長ですよ」

知念が言った。

「ほう」

石神は、感心する振りをした。琉央大学の副学長が誰であれ、石神には関係ない。

「知念君……」

佐久川は、苦笑した。「まだ、決まったわけじゃないよ」

「いえ、もう確実ですよ」

佐久川の後ろにいる、額が広く痩せたカマキリのような感じの男が言った。機嫌を取っているのだ。

「えーと、あなたは……」

カマキリ男は、眼鏡を押し上げて言った。

「照屋宏といいます。社会学部の助教授です」

助教授というところを強調していた。おそらく誇らしげに思っているのだろう。彼の年齢にしては出世が早いのかもしれない。

「助教授」

石神は、驚いて見せた。「その若さで……」

案の定、カマキリ男の照屋はちょっと自慢げな顔をした。

「それで……」

石神は尋ねた。「専攻は？」

「考古学です」

照屋はこたえた。「佐久川教授の下に付いています」

「考古学……」

石神は、東北の石器捏造のことを調べたり、園田圭介から話を聞いたせいで、考古学者に対してあまりいい印象を抱いていなかった。

頭の固い、排他的な連中という印象だ。佐久川は、ちょっと違った印象だった。どちらかというと、政治家タイプに思える。いずれにしても好印象とはいえない。

麻由美の態度が影響しているのかもしれない。麻由美は、佐久川や照屋に会っても、ちっともうれしそうではなかった。どちらかというと、嫌っているような感じだ。

だが、わからない。麻由美は、誰に会っても表情を変えない。仲里教授の助手だった知念に会っても、ほほえみもしなかったのだ。

「それで……」

佐久川が石神に言った。「探偵がここで何をしているんだ?」

「仲里教授が亡くなった件について、ちょっと調査を依頼されましてね」

「調査の依頼?」

佐久川は訝しげな眼を向けたまま言った。「今さら、何の調査だね」

自分以外のすべての人間を見下しているような態度に見える。おそらく、この世で大学教授が一番偉いと思っているのだろう。副学長というのは、学内でかなり力を持っていることを物語っている。だが、所詮学内でのことだ。それに本人は気づいていないのだろうか。石神は、ついそんなことを考えてしまった。

「本当に自殺だったのかどうか、調べようと思いまして……」

「ばかばかしい……」

佐久川は言った。「そんなことをして何になる。警察が自殺と断定したんだ」

それから佐久川はちらりと麻由美のほうを見た。無神経な発言だったと気づいたのだろう。

「依頼があったんでね」

石神は言った。「引き受けたからには、仕事をしなければなりません」

佐久川は、麻由美を見た。

「お嬢さん。あなたが依頼なさったのですか?」

麻由美は、まっすぐに佐久川を見てかぶりを振った。

「依頼をしたのは、私じゃありません」

「じゃあ、誰が……」

石神は言った。

「依頼主については、お教えすることはできません。ひとつ、質問させていただいていいですか?」

「何だね?」

「仲里教授は、沖縄がムー大陸だった可能性があると言っていましたが、それについて考古学者としてどうお思いですか?」

佐久川はふんと鼻で笑った。

「まあ、なかなか面白い発想だがね、学術的とは言いがたい」

「地質学の知識を駆使しています。充分に学術的じゃないですか」

「沖縄が何万年も前に大陸とつながっていたという話は信用できるよ。なにせ、それは彼の専門分野だったからね。だが、それは考古学的に何も証明したことにはならない」

「考古学的に証明するためには、何が必要なのですか？」

「証拠だよ。歴史的な文書とそれに合致する出土品。それがすべてだ」

「沖縄からは、石板が発掘されているらしいじゃないですか」

「あれは、十五世紀以降に作られたものだ。石板に歴史的な価値はない」

「そう考えていない人もいるようですね。仲里教授だけでなく、琉球大学の木村教授のように……」

「少なくとも、あの石板に考古学的な価値はない。あの石板には、船のようなものが彫られている。その絵の特徴から、おそらく薩摩藩の軍艦『小鷹丸《こたかまる》』だろう。『小鷹丸』は、十六世紀末の壬辰《じんしん》の役《えき》の際に建造された、島津義弘《しまづよしひろ》公の御座船だ」

「なるほど……」

「そんな石板を、古代の文明の証しとして捏造に使用したのだから、まったく、残念としか言えない。仲里教授は優秀な学者だった。だが、いつからか、妙な妄想に取り憑かれたようだ。それが、彼の人生を狂わせた」

石神は、麻由美をちらりと見た。

麻由美は、まったく表情を変えない。佐久川の顔を見つめているが、その顔には何の感情も見て取れなかった。

石神は佐久川に眼を戻すと、言った。

「歴史上の偉大な発見は、たいてい最初は妄想だと言われていたのではないですか。コペルニクスの地動説もそうだ。地球が動いているはずがない。それが、一般人だけでなく、当時の学者の常識だった。あなたたちの常識が本当に正しいと、誰が証明できるのです？」

「学問のことを知らない者は、いつもそういうことを言う。学会では、常に仮説の信憑性を検証している。過去のあらゆるデータに照らし合わせて、蓋然性を考証するんだ。素人の思いつきがまかり通る世界じゃない」

「考古学だって、新たな発掘によって過去の歴史が塗り替えられていくじゃないですか。仲里教授の説が間違いだと反証できるのですか？」

「反証？　そんなことは必要ない。ムー大陸が沖縄だったなんてことは、取り沙汰するに値しないよ。だいたい、いくら中国大陸と地続きだった時代があったといっても、南西諸島が大陸と呼べるほど大きかったはずがない」

石神はうなずいた。

「仲里教授は、沖縄が昔大陸だったとは言っていません。彼はたしか『陸橋』という言葉を使っていたはずです。問題は、ムー大陸が、一夜にして沈んだという伝説です。沖縄陸橋は、沖縄トラフという火山性の活動によってできた大きな溝に沿っている。その活動のせいで一万数千年前に突如として水没した可能性があると、仲里教授は言っています。その記憶が、ムー伝説を生んだという可能性はおおいにあるんじゃないですか？」

「沖縄陸橋が、その時代に水没したというのは、ある程度の信憑性があるかもしれない。だが、それがムー伝説を生むことになったという説には飛躍がありすぎる。考古学的にいって、残念だが、まともに取り上げる気にはなれんね」

「与那国島の沖合にある海底遺跡などについては、どうなんです？　沖縄陸橋が水没したのは、約一万数千年前。つまり、遺跡が作られたのは、それ以前ということになります」

「一万数千年前というと、旧石器時代から縄文時代に移行する頃だ。いいかね？　巨大な石の建造物を作るには、中央集権的な国家が必要なのだ。それは、世界の文明を見ても明らかだ。エジプトのピラミッドだってそうだ。中央集権による労働力がなければ、ピラミッドなどできなかった。旧石器時代から縄文時代にかけて、日本に中央集権国家などなかった。そんなことは常識だ。だから、一万数千年前に巨石建造物などできるはずがない」

「では、与那国島の海底遺跡はいったい何なのです？」

「あれは、自然にできた地形に過ぎない。そう指摘する地質学者もたくさんいる」

「エジプトのピラミッドやスフィンクスについては、こちらもいろいろと調べたことがあるんですがね……。ギゼの大ピラミッドやスフィンクスは、一万数千年以上前に作られたと主張している学者や科学ジャーナリストもいるようですよ」

佐久川はまた鼻で笑った。

「私に言わせれば、戯言《たわごと》だな。心ある歴史学者は、そんな説に耳は貸さない」

石神は、知念を見た。

知念は、ただ黙って二人のやり取りを聞いているだけだ。彼は、仲里教授の助手だった。同じテーマでともに研究をしていたのだ。

石神に助け船を出してもよさそうなものだと思った。聞きかじりの石神より、はるかにいろいろなことを知っているに違いない。

だが、彼は何もしゃべろうとしない。佐久川に遠慮しているようだ。

石神は、佐久川との議論を終わりにした。議論したくて質問したわけではない。少なくとも、考古学者であり、琉央大学内で力を持つ佐久川は、仲里教授の説をまったく認めていなかった。

それがわかっただけで、充分だ。

石神は、知念に言った。

「ちょっと、あなただけにお話をうかがいたいのですが……」

知念は、困った様子で佐久川を見た。

佐久川が石神に言った。

「私に出て行けということか？」

「ええ。そういうことです」

佐久川は明らかに気分を害した様子だ。

「君にそんなことを言う権利はない。私は、仲里教授のお嬢さんがいらしたというので、挨拶に来たのだ」

「挨拶はもうお済みでしょう？」

「出ていくのは君のほうだ。すぐに、この大学から出ていくんだ」

「私は、知念さんにお話をうかがいたいと言ってるんです」

「警備の者を呼ぶぞ。知念君と話などさせない」

「なぜ、調査を妨害するんです？　仲里教授の死について私が調べると、何か困ることでもあるんですか？」

「不愉快なだけだ。仲里君の不祥事は、大学にとって不名誉なことだ」

佐久川は、今度は麻由美の顔を見なかった。だから、代わりに見てやった。

麻由美は、やはり何の感情も顔に表さない。

知念は、どうしていいかわからない様子だ。これでは話など聞けない。

「わかりました。退散しましょう」

石神は知念に言った。「また、あらためてうかがうかもしれません」

それから石神は、泊まっているホテルの名を告げて言った。「もし、よかったら、連絡をください」

石神が佐久川の脇を通り抜けて出口に向かうと、無言で麻由美があとについてきた。

廊下に出てドアを閉めると、石神は麻由美に言った。

「偉そうな野郎だな……」

返事など期待していなかった。麻由美は、まだ誰にも心を許していないのだと思っていた。

「たぶん、父さんは、ああいう人たちと戦っていたんです」

石神は思わず振り向いていた。

麻由美は大きな眼でじっと石神を見つめていた。その眼の印象がちょっとだけ変わったような気がした。

石神はうなずいた。

「どうやらそうらしいな。つらい戦いだったろうな」

麻由美が、かすかにほほえんだ。石神は驚いた。麻由美がほほえむのを初めて見た。

それは、淋しげなほほえみだった。苦しみに耐えているように見える。

石神は言った。

「これが戦いだというのなら、負けるわけにはいかないな」

石神は歩きだした。

＊

次に向かったのは、泉崎にある沖縄県警だった。

受付で、島袋基善捜査一課長の名を言うと、すぐに取り次いでくれた。刑事部に行くように言われた。

警察署というのは、どこも似たようなにおいがする。拭っても拭っても消えない、独特のにおいだ。

汗とアドレナリンのにおいなのかもしれない。戦う男たちのにおいだ。石神はふと懐かしさを覚えた。

島袋基善課長は、背の低い小太りの中年男だった。髪はまだ黒々としている。それをオールバックに固めていた。

背広をきちんと着こなし、いかにも警察官という感じだった。彼は、にこやかに石神と麻由美を迎えた。

「やあ、警視庁の元橋さんから話はうかがっていますよ。わざわざ、沖縄まで、ごくろうなことですな」

「なるべくご迷惑はおかけしないように、気をつけますよ」

「そちらは、仲里昇一さんの娘さんですね。捜査のときにお見かけしました」

麻由美は、小さく頭を下げた。

「お父さんが、あんなことになって、お気の毒にねえ……。何でも、今は東京にお住まいだとか……。たしか、仲里昇一さんの妹さん夫婦のところでしたね」

「はい」

麻由美は言った。

「人間、生きてりゃ、いろいろなことがあります。元気を出してください」

島袋課長は、石神に視線を戻して尋ねた。

「どこにお泊まりですか？」

さりげない口調だ。だが、こちらの所在を確認しておこうとしているのは明らかだ。

石神はホテルの名前を言った。

「ああ、あそこは、こぢんまりとしているが、上品でなかなかいいホテルだ」

これで、警視庁の元橋の顔を立てたことになる。いちおう、挨拶だけしておけばいいのだ。石神は、言った。

「では、我々は、これで失礼します」

島袋課長は、愛想よく言った。

「まあ、待ちなさい。せっかく来てくれたんだ」

島袋は、部下の一人を呼んだ。刑事がさっと席から立ち上がり、近づいてきた。精悍な感じの男だ。髪を短く刈っており、日に焼けている。三十代前半だろう。

島袋課長が紹介した。

「シキヤ・コウイチ。巡査部長だ。彼を案内役に付けよう」

「いや」

石神は言った。「それには及びません。彼女がいますから」

「観光に来たわけじゃないんだろう？　刑事がいっしょだと何かと便利だよ。彼は、仲里昇一さんの件の捜査を担当した一人だ。役に立つよ」

島袋課長の目的は手に取るようにわかる。案内役というのは表向きで、実際は監視役なのだ。

石神は、心の中で舌打ちをした。刑事がくっついていたのでは、やりにくくてしかたがない。だが、ここで断れば、おそらく島袋はさらに強硬な手段に出るかもしれない。

探偵は警察官からは好かれない。東京から来た探偵を快く思うはずがないのだ。一度、自殺と断定した事案を、ほじくりかえされるのは不愉快に違いない。

島袋課長は愛想がいい。そんな本音はおくびにも出さない。だが、本心はわかりきっている。

うかつだったな。

石神は思った。沖縄県警につてを見つけようと思ったことが、裏目に出たかもしれない。警視庁の中西を訪ねたときは、まだ本気で調査する気になっていなかった。形だけでも調査しなければならない。そのためには、沖縄県警につてがあったほうがいい。そう、軽く考えていたのだ。考えが足りなかった。

「俺も以前、警視庁にいたんで、刑事が忙しいことはよく知っています。案内をしてもらうなんて、申し訳ないですよ」

石神が言うと、島袋課長は笑顔で言った。

「いやいや、沖縄県警は警視庁ほど忙しくはないですよ。遠慮することはない」

どうやら断るわけにはいかないようだ。

石神は、シキヤという名の刑事を見た。

「ご面倒をおかけします」

そう言うしかなかった。

シキヤは、無愛想にうなずいただけだった。

「君、名刺くらいお渡ししなさいよ」

島袋課長が言った。シキヤは、名刺を取り出して石神に手渡した。石神も名刺を出した。

名刺を見て、初めて志喜屋幸一と書くのだということを知った。沖縄の苗字は、本土の人間にはわかりにくい。

「さて」

島袋課長は言った。「どこから始めましょうか？　何がお知りになりたいのです？」

表面上は、気味が悪いほどにきわめて協力的だ。

「自殺と断定した根拠は？」

石神が尋ねると、島袋課長はこたえた。

「まず、状況だね。仲里さんは、断崖絶壁の下に倒れていた。発見されたのは、朝になってからだが、検死の結果、死亡推定時刻は深夜の十二時から二時の間。そんな時間に、あんな断崖絶壁に用がある人などいない」

「誰かに呼び出されたのでは……？」

「付近に争った跡はなかった。遺体にも争った痕跡はない。それに、遺書のようなものが発見された。彼のノートに走り書きされていた」

「どんな内容です？」

「それは、教えられんね。プライバシーの問題もある」

石神は、麻由美のことが気になっていた。彼女に言った。

「もし、話を聞くのがつらかったら、あっちで休んでいていい」

麻由美はかぶりを振った。

「話を聞くわ」

石神はうなずき、島袋課長への質問を再開した。

「仲里さんの遺体が発見されたのは、捏造疑惑があった現場ですね？」

「そうだ。遺書らしい書き付けの内容も、その捏造疑惑に関してのものだったと、判断された」

「事故の可能性は？」

「事故だって？」

「現場は、仲里教授の研究の対象になっていた場所でしょう？」

「いくら研究の対象だって、真夜中に断崖絶壁で何をやるというんだね。そんな時間に調査をする学者などいないだろう。事故は考えられないね」

島袋課長の言葉は自信に満ちている。

「検死報告とか、実況見分調書などは、見せてはいただけないでしょうね」

「そういうのは、ちょっとね……」

まあ、見なくてもどうということはない。自殺と断定したということは、そうした調書にもその判断のもとになった記述があるだけにちがいない。

探すべきものは、別のところにあるはずだ。

「わかりました」

石神は言った。「どうも、お忙しいところをおじゃましまして……」

「これからどこへ行く？」

「できれば、現場を見てみたいのですが……」

島袋課長は、驚いた顔をした。

「アキサミヨー。現場は、本島の北端だ。車で飛ばしても四時間以上かかるよ。今日はもう無理だろう。明日、志喜屋君の車で行くといい」

石神は考えた。

「では、いったんホテルに戻ることにします」

島袋課長は、笑顔で言った。

「また、いつでも来てくれ」

石神は丁寧に礼を言って、麻由美とともに退出しようとした。志喜屋がついてきた。

石神は驚いて言った。

「ホテルに帰るだけだよ」

「案内役を仰せつかったんだ」

志喜屋は、無愛想に言った。「車で送るよ」

彼はさっさと先に歩きはじめた。

石神は、黙ってついていくことにした。隣の麻由美にそっと尋ねた。

「課長が言った、アキサミヨーとかいうのは、何だ？」

「あきれたとか、びっくりした、とかいう意味」

「なるほどね……」

11

志喜屋の運転はひどく乱暴だった。

今はやりのワゴン車で、まだ新車のにおいがする車だった。色は、紺色だ。

彼はホテルに着くまで、一言も口をきかなかった。本土の人間の案内役を命じられたことが面白くないのかもしれない。それが、探偵となれば、なおさらだろう。

だが、どうもそれだけではなさそうだった。石神たちに、反感を抱いているようにすら見える。

石神はその理由について考えてみた。仲里教授の自殺に疑問を差し挟むことに腹を立ているのかもしれない。

彼は捜査にたずさわった一人だと、島袋課長が言っていた。ならば、それもうなずける。だが、それだけだろうか……。

ホテルに着いて、石神と麻由美を降ろすと、志喜屋のワゴン車は、すぐさま走り去った。

「どうやら、彼に嫌われているようだ」

石神は独り言のようにつぶやいた。やはり、麻由美の返事は期待していなかった。

だが、麻由美はこたえた。

「今日会った中で、あの人が一番正直な気がする」

意外な言葉だった。

そして、麻由美が石神の問いかけにこたえるのも意外だった。麻由美は、少しずつだが態度を変えはじめたようだ。

ホテルのロビーに向かいながら、石神は、麻由美の言葉の意味を考えていた。

＊

明智がホテルに戻ってきたのは、夕方の五時過ぎだった。石神は、明智を部屋に呼んで報告を聞くことにした。

明智は、コピーをごっそりと抱えてきた。

「県立図書館と市の図書館の両方に行ってきました」

「それで?」

「最初に捏造事件を報道したのは、地元の『デイリー南西』という新聞です。これがその記事です」

まるでスポーツ紙か夕刊紙のような派手な見出しが眼についた。「捏造」という大きくて派手な文字が躍っている。その脇に小さく「疑惑」の文字がある。

週刊誌のやり口だ。

さらに、小見出しで、「沖縄でも捏造疑惑――琉央大学教授、自説証明にあせりか?」とある。

記事を読んでみると、研究関係者からのリークで事実が発覚したらしい。捏造をリークしたのは、実際にその作業にたずさわったダイバーだという。

石神は、明智に言った。

「デイリー南西という地方紙のスクープだったということか?」

「そういうことになりますね。それから、沖縄の有力紙やブロック紙などが取材を開始して、記事を書き始めたのです。東北と北海道の捏造事件を引き合いに出している新聞もありますよ」

明智は、記事のコピーの束を手渡した。

石神は、一通り新聞記事に眼を通した。明智の言うとおりだった。第一報をデイリー南西に持って行かれたので、詳報を載せようという努力の跡が見て取れる。

その後、デイリー南西も続報を載せ続けた。その中で、仲里教授の実名が登場する。本人のコメントを載せている新聞もあった。

仲里教授に対して好意的な書き方をしている新聞はなかった。みな、鬼の首を取ったようにはしゃいでいるのが感じられる。

新聞というのは、いつもそうだ。石神は思う。犠牲者を探しては、社会正義を振りかざして叩きのめす。

昨今騒がれている、政治家のさまざまな疑惑にしてもそうだ。与党の政治家が外務省に圧力をかけて、さまざまな利権に絡んだという疑惑があった。

そんなことは、族議員なら誰でもやっているということを、新聞記者ならば知っているはずだ。誰かが猫の首に鈴をつけるのを待っているだけだ。一人では赤信号は渡りたくない。だが、みんなで渡れば怖くないというわけだ。

そして、自分が安全だとわかると、寄ってたかって攻撃をはじめる。腐った肉にたかる蝿だ。

野党の政策秘書に関する問題では、もっとひどい。国民の多くは、その政治家がそれほど悪いことをしたとは思っていない。与党の族議員のほうがずっと甘い汁を吸っていることを知っているからだ。

問題は政治資金規正法だが、貧乏所帯の野党政治家が、何とか金をやりくりしようとした苦肉の策が法律違反だというのなら、その法律のほうが間違っているのだ。

それを、マスコミは、ハイエナのようなどん欲さで攻撃する。外務省に圧力をかけていた与党政治家や、同様に秘書の献金疑惑で与党の大物が窮地に立たされていた。

その時点で、野党の人気議員の政策秘書問題が降って湧いたように取り沙汰された。あまりにタイミングがよすぎる。

どんなばかだって、裏で何かの工作が行われたことくらいは想像がつく。だが、新聞はそういうことには触れず、躁状態で疑惑の議員たちを血祭りに上げようとするだけだ。

それが、彼らの言う正義だ。何のことはない。底が浅い。

石神は、刑事時代にいやというほど新聞記者と付き合った。記者が悪いわけではないことは百も承知だ。だが、特に大新聞の権威主義には腹が立った。

仲里教授の捏造疑惑も、衆議院議員たちのスキャンダルに比べればスケールは小さいものの、同じような現象が見られた。

仲里教授は、袋叩きにあっていたも同然だ。記事による暴力だ。東北の捏造事件のときと同じだ。あのゴッドハンド氏を捏造に追い込んだのは何だったのかという点を追及した報道はほとんどなかった。

石神は、園田圭介が言っていたことを思い出した。

捏造に使われたのは、沖縄本島から出土した石板の一種だった。それは十五世紀以降に作られたものだと言われている。専門家がそんなものを捏造に使用するはずはない。

そのことに言及している記事は一つもなかった。高校生でも気づくこの事実に、新聞記者たる者が誰も気づかなかったようだ。

「中央の新聞の記事の扱いは、小さなものでしたが、現地ではけっこうでかいですよね」

明智が言った。

「そういうものだろう」

たしかに明智の言うとおりだった。大学教授の捏造事件というのは、地方にとってはけっこう大きな出来事なのだ。

「奇妙なことに……」

明智は、次のコピーの束を手渡した。「仲里教授の自殺の報道は、デイリー南西が一番小さいんです。ほら、ほかの地方紙に比べて、断然小さいでしょう?」

デイリー南西の記事は、ほとんど目立たない記事といっていい。他の地方紙は、それなりに大きく扱っている。

「自殺のきっかけを作ったので、気がとがめたのかな……」

石神は言った。

明智は何も言わなかった。

まさかな。石神は、言っておいてそれを自分で否定していた。そんなことはありそうになかった。

仲里教授の自殺は、デイリー南西のかっこうの餌になるはずだった。自分たちのスクープが新たな展開を見せたのだ。

だが、実際はそうではなかった。

「おまえ、どうしてだと思う?」

明智は、質問の内容がわからなかったらしく、きょとんとした顔をした。

「何がです?」

「どうして、デイリー南西は、自殺を大きく扱わなかったんだろう」

「興味がなかったんじゃないですか?」

「興味がなかった? そんなばかな。捏造疑惑をスクープしたのは、デイリー南西だぞ」

「捏造疑惑そのものにもたいした関心はなかった。デイリー南西は、スクープそのものに関心があっただけなのかもしれません」

「まあ、今のマスコミの体質なんてそんなもんだがな……」

「デイリー南西のことをちょっと調べてみたんですけど、発行部数が極端に少ないんです。弱小中の弱小ですよ。そういうところは、どうしたって、一発当てることに賭けるでしょう？　仲里教授の自殺は、沖縄県警の記者発表を記事にするわけですから、他紙がいっせいに書きますよね。そうなると、もうデイリー南西の興味の範疇《はんちゅう》じゃない。形だけの記事を載せるだけだったんじゃないですか？」

「それは一つの考え方ではあるな」

「デイリー南西の発行部数が極端に少ないのには、理由があるんです」

「何だ？」

「基地問題です」

「基地問題？」

「デイリー南西は、土地連や与党の沖縄県連なんかとつながりが強く、どちらかというと、基地の反対運動に消極的なんです」

「土地連というと、あれか？　軍用地地主なんかの連合会か？」

「そうです。最近、外務省問題で党をやめた例の議員の資金管理団体に献金していたことでも問題になりましたよね」

「そういう連中とつながりが深い新聞か……。母体は何なのか、ちょっと気になってくるな……」

「アメリカ寄りの勢力かもしれませんね。つまりは、本土寄りということになりますか……」

「日本政府寄りということか?」

「日本政府は、アメリカの言いなりですからね」

「その軍用地地主のことを調べてみたいな」

明智は黙って、別のコピーの束を取り出した。

「調べたのか?」

「あらましですけどね。関連する記事を検索してコピーしただけです」

明智にしては気が利く。

無理やり沖縄についてきたので、やる気があるところを見せようとしているのかもしれない。

いつもこうだと助かるんだがな……。

石神は、コピーに眼を通した。新聞のコピーだけでなく、インターネットのホームページを印刷したらしいものもあった。

沖縄の基地問題は、根が深い。基地が沖縄の経済発展を妨げていると主張する勢力もあれば、一方で、基地がなければ、経済的に立ちゆかなくなると主張する連中もいる。

後者は、軍用地地主の問題と深く関わっている。基地など軍用地の地主には、軍用地料が支払われる。これは非課税だ。

さらに、一九八〇年代以降、沖縄の銀行をはじめとする金融機関が、相次いで、軍用地ローンをはじめた。

軍用地ローンというのは、軍用地を担保にとって、地料を支払い財源とするローンだ。地料は毎年確実に、決まった時期に支払われる。口座に振り込まれる地料の中から、ローンの返済を自動的に引き落とすことができる。

地価が暴落したあとも、地料は、着実に伸び続けた。銀行にとっては、焦げ付く心配のない優良商品だった。

一九九六年の時点で、沖縄県内の金融機関が扱っていた軍用地関係のローンの融資残高は、三百億円を超えていたという。

軍用地地主は、基地がある限り安泰だった。軍用地を買い取る本土の業者もいた。軍用地料と、担保価値を当て込んでのことだ。彼らは、不在地主と呼ばれ、基地を食い物にするヤマトンチューということで、おおいに顰蹙《ひんしゅく》を買ったらしい。

だが、基地返還の気運とともに、この軍用地神話も崩れはじめる。多くの軍用地地主は、ローンを組んでいる。基地が返還されると、地料が入ってこなくなり、返済に困ることになる。

金融機関も、どこが返還されるのかわからず、ローンを組んでいいものかどうか迷いが生じているという。

極端な話、今、すべての基地が返還されたら、三百億もの残高が一気に焦げ付くことにもなりかねない。

それは、沖縄県の経済にとって壊滅的な打撃を与えるだろう。

その他、基地関連の業者も少なくない。沖縄市、かつてのコザの飲食店は、基地の縮小にともない軒並みつぶれてしまった。

基地で仕事をしている沖縄県民も少なくない。それでなくても、沖縄県の失業率は全国でもトップクラスだ。基地がなくなれば、また失業する人々が増えることになる。

だが、日本における米軍基地は、七十五パーセントが沖縄に集中している。この小さな島にだ。そんなむちゃくちゃなことがいつまでも許されるはずはない。

米兵が起こす婦女暴行やひき逃げなどの事件も絶えない。県民感情としては、たまったものではない、というのが本音だろう。

軍用地地主にしても、基地反対派からは白い眼で見られているが、もともとは、戦後ブルドーザーと銃剣によって米軍に土地を接収された人々か、その子孫なのだ。

沖縄は今でも、そうしたジレンマを抱えている。この美しく、のんびりとした島では、今この瞬間も、人々の思いが交錯しているのだ。

石神は、コピーの束を放り出した。

「なるほどな……。基地問題については、誰もが沖縄から出て行ってもらいたいと考えている。だが、その後の経済的な不安が残るので、現状維持を望む人々も少なくないということか……」

「基地問題全体に関わるものじゃないんですが、これ、興味深いデータですよ」

明智が、資料をめくり、一枚の紙を指差した。ある新聞社の県民世論調査の結果だ。

テーマは、普天間《ふてんま》基地の移転先について。

普天間飛行場の移設先として名護《なご》市のキャンプ・シュワブを候補地に決定したことに、賛成するか反対するかという世論調査だ。

結果は、男性の四十二パーセント、女性の四十八パーセントが反対。男性の四十一パーセントと女性の二十五パーセントが賛成。反対が賛成を上回っている。

男性の賛成が多いのは、「やむを得ない」と考えている人が多いからだということだが、経済的な理由が大きいのだろう。

政党支持者別では、自民党支持者の七十一パーセントが賛成とこたえている。

「沖縄の自民党の支持母体って、たぶん土地連や金融機関なんかでしょう?」

明智が言った。

「へえ、おまえも、世の中というものが、少しはわかっているようだな」

「土地連が、例の議員に献金していたんですからね」

「つまり、デイリー南西というのは、そっち寄りの新聞だというわけだ」

「それが、仲里教授の捏造疑惑とどういう関係があるのかは、僕にはわかりませんがね……」


石神は考えた。

石神にもわからない。だが、何かありそうな気がした。弱小の新聞社が、突然、大学教授の捏造疑惑をスクープした。関係者のリークがあったという。

東北のゴッドハンド氏の捏造報道も、きっかけは、学者が新聞記者に情報を提供したことだった。

調査にたずさわったダイバーがデイリー南西に、情報を提供したという。デイリー南西は、それに飛びついたわけだ。

問題は、なぜ情報を提供したかだ。

もし、捏造が、園田圭介の言うとおり、事実でなかったとしたら、仲里教授は、罠に掛けられたことになる。

いや、待て……。

石神は、自分自身にブレーキをかけた。

まだ、調査は始まったばかりだ。先入観を持つのはよくない。捜査における予断というやつだ。

電話が鳴った。部屋の中は静かだったので、やたらにその音が大きく響き、石神はびっくりした。

外線からかかってきたと、オペレーターが告げた。

相手は、琉央大学の知念だった。

「さきほどは、麻由美ちゃんともゆっくりと話ができなかったので……」

「わざわざ、電話をくれたというわけですか。それは、どうも。でも、仲里麻由美と話がしたいのなら、彼女に電話をかければいい」

「かけました。でも、あなたに電話するように言われたのです」

「ほう」

なぜだか、石神はいい気分になった。「それで……?」

「よかったら、夕食をいっしょにどうです? せっかく沖縄にいらしたんだから、沖縄の料理を食べませんか?」

「悪くないですね」

「では、七時にホテルにお迎えに上がります」

「七時ですね。ロビーで待ってますよ」

電話が切れた。

明智は、記事のコピーをぼんやりと眺めている。誰から電話が来たのか尋ねようともしない。

彼の好奇心というのは、きわめて偏っているようだ。集中力はあるのだろうが、気配りがない。

石神は明智に言った。

「仲里教授の助手をやっていたという男から、夕食のお誘いだ」

「仲里教授の助手？」

「知念という助教授だ」

「助手をやっていた人が助教授？　いったい、いつ助教授になったんでしょうね」

「おそらく、仲里教授が亡くなってからじゃないのかな。教授が使っていた研究室をそのまま受け継いだようだ」

「へえ……」

「七時にロビーで待ち合わせした。遅れずに来い」

「僕もいっしょに行くんですか？」

「なんだ？　行きたくないのか？」

「あの子もいっしょなんでしょう？」

「あの子って、仲里麻由美のことか?」

「ちょっと遠慮したいな」

「たまげたな。おまえ、美人が嫌いなのか?」

「彼女は苦手です。なんだか、ちょっと怖いですよ」

「彼女もだんだん変わってきたようだ。いいから、いっしょに来るんだ。知念から話を聞き出すのが目的だ。一人の耳より二人の耳だって、おまえが言ったんだ」

「わかりました。七時ですね」

明智は、窓際の椅子から立ち上がった。「コピーはここに置いていっていいですか?」

「ああ。読み返してみる」

明智が部屋を出ていくと、石神は麻由美の部屋に電話した。

「はい」

警戒心を露わにした声が聞こえる。

「石神だ。知念がいっしょに夕食に行こうと言ってきた。ここに迎えに来る。七時にロビーだ」

「七時ね。わかった」

電話が切れた。ふと、そのとき、石神は、彼女の怒りを感じ取った。

麻由美はただ父親の死を悲しんで、殻に閉じこもっているだけではない。何かに怒っているのだ。理由はわからないが、唐突にそれが理解できた。

出会った当初は、石神に対しても怒りをぶつけていたのかもしれない。

いったい、何を、そしてなぜ怒っているのだろう。

石神は、立ったまま考え込んでいた。

12

知念は、研究室で見た緑のポロシャツの上に大柄のチェックのジャケットを着ていた。なかなかおしゃれだ。

麻由美は、やはりジーパンに革のジャンパーという恰好だった。

知念が案内した沖縄料理の店は、安里《あさと》というところにあった。ホテルからはタクシーに乗らなければならない。酒を飲むだろうから、車は大学に置いてきたと、知念は言った。

小さくて古い店だった。民家を改造したようで、天井の太い梁がむき出しになっている。泡盛の空き瓶が店内にずらりと並んでおり、その瓶に埃が溜まっている。ガラスに溜った埃が何とも懐かしい雰囲気を醸し出している。店内は独特のにおいがした。中華料理とも日本の料理とも違う。

四人は二階の座敷に案内された。狭い階段を上がる。二階は天井が低かった。床は長い年月に磨かれて黒光りしている。

照明は薄暗く、居心地がよかった。壁には三線《さんしん》をはじめ、いろいろなものが飾られているが、安っぽい観光用のポスターもあった。それがあまり違和感がない。

「オリオンビールでいいですか？」

知念は、一同に尋ねた。

「おい、彼女はまだ高校生だぞ」

「あ、そうでしたね。でも地元の高校生はけっこう酒を飲むので……」

麻由美は、コーラを頼んだ。

トウフヨー、ミミガー、ラフテー、ナカミ汁、ゴーヤチャンプルー……。

知念が次々と料理を注文する。

「それから、グルクンを焼いてくれ」

知念は、そう言うとメニューを置いた。ビールが来ると、彼は乾杯しようと言った。

それから、言い直した。

「あ、仲里教授に献杯ですね……」

研究室にいたときと、打って変わってどこかはしゃいでいるようにも見える。いや、ことさらに明るく振る舞っているという感じだろうか。

グラスを掲げると、石神はビールを少しだけ飲んだ。喉が乾いていて、一気に飲み干したかったが、知念より先に酔うわけにはいかない。

「さっきは、佐久川教授がいたんで、落ち着いて話ができませんでした」

知念は、グラスのビールを半分ほど飲むと、言った。

「彼に話を聞かれると、何かまずいことでもあるんですか？」

石神がそう尋ねると、知念は慌てた様子で首を横に振った。

「いや、そういうことじゃありません。彼は大学内の実力者なんで、何かと面倒なんですよ。すべてのことを掌握していないと気が済まない質《たち》なんです」

「副学長候補だと言っていましたね？」

「間違いなく、今度の教授会で決定しますね」

「副学長の決定権が教授会にあるのですか？」

「教授会が推薦するという形になっていますが、その決定が覆されることはまずありません」

「対抗馬はいなかったのですか？」

「対抗馬？」

料理が次々と運ばれてきて、話が中断した。石神が見たことのない食べ物ばかりだ。トウフヨーというのは、紅色をしたチーズのように見える。

知念の真似をして爪楊枝ですくって口に入れると、酒粕とチーズの中間のような味がした。

「対抗馬はいませんね」

知念が言った。

「仲里教授はどうだったんです？」

「教授は、典型的な学究肌の人でしてね、学内の政治的な動きには疎かった。学内での出世ということに、まるで関心がなかったですしね……」

知念は、ちらりと麻由美を見た。「あ、でも、僕は尊敬してました、心から。ただ、佐久川教授とはタイプが違うんです。佐久川教授は、沖縄では名士なんですよ。新聞からもよく寄稿を頼まれますし……」

「ほう……。どんな新聞から？」

「いろいろですよ」

「どんなことを書かれるのですか？」

「それもいろいろです。文化人ですからね。エッセイのようなものから、専門分野の話まで……」

「例えば、最近ではどんな新聞に、どんなことを？」

「デイリー南西という新聞があります。まあ、たいした新聞じゃないんですが、そこで、沖縄の将来像といったテーマで連載していましたね」

石神は、ちらりと明智を見た。明智と眼が合うことを期待していたのだが、明智は、ミミガーの皿を睨んで複雑な表情をしていた。

佐久川教授が連載記事を書いている新聞が、仲里教授の捏造疑惑をすっぱ抜いた。これが偶然だと思えるほど、石神はおめでたくできてはいない。

捏造疑惑はでっち上げだと園田圭介は言った。石神は、それを彼の思い込みだと考えていた。若者特有の、憧れの人物に対する思い込みだ。

だが、石神は、徐々に園田圭介の主張に心が傾きつつあるのを自覚していた。何かおかしい。沖縄に来てみてそれを肌で感じる。

「じゃあ、佐久川教授は、さぞかし顔が広いんでしょうね」

知念はうなずいた。

「いろいろな知り合いがいます」

「政治家とか、財界の人ともつながりがありますか?」

「ええ。よくそういうパーティーに出席しているようです。大学も厳しい時代を迎えています。少子化で学生が少なくなり、財源がなかなか確保できない。国からの補助金もカットされる。佐久川教授が、積極的に県議会議員や県の財界の人々と親交を深めているのは、すべて大学の将来のためなんです」

「そういう活動が、副学長の座につながっているというわけですか」

「学問だけでは、大学はやっていけません。そういう時代なんです」

「仲里教授のような学者さんは、時代遅れだったと……？」

知念は目を丸くした。

「とんでもない。仲里教授は、大学のいわば広告塔でしたよ。中央の大手出版社から本を出して注目を集めていたし、海外の研究家からも共同研究の申し入れが来ていました。昨今、与那国島などの海底遺跡は、さらに注目を集めていますからね」

園田圭介の例を見てもそれはうなずける。たしかに、琉央大学の中では数少ない有名人だったのだろう。

「しかし、副学長の対抗馬ではなかった……？」

「さっきも言いましたけど、佐久川教授とはタイプが違うんです。大学にとって、今は政治力や駆け引きに長けた人材が必要なんです」

「佐久川教授は、仲里教授の説を真っ向から否定されているようですね」

「畑違いの人が、自分の分野に踏み込んできたら、誰だって拒否反応を起こしますよ」

「つまり、地質学者が考古学の分野に踏み込んだというわけですね」

「日本の学界の体質は古いのです。学際という言葉が使われるようになってすでに何十年も経っていますが、いまだにそれはただのお題目です」

「学際？」

「学問のジャンルの垣根を越えた研究ということです。しかし、日本の学者は権威主義ですから、なかなかそういう研究が進みません。仲里教授は、本当に学際を実践された方でした」

「佐久川教授は、そういう仲里教授のやり方が気にくわなかったということですか？」

「いや、そういうことじゃありません。研究のやり方は人それぞれです。あくまでも、歴史や考古学の分野については、自分のほうがしっかりした学問的な基礎があると言いたかっただけでしょう」

どこまで本心をしゃべっているのだろう。

石神は、そう思いながら、焼いたグルクンという魚を箸でつついた。淡白な白身の魚だが、やたらと骨が多い。沖縄の県魚だそうだ。

「あなたも、沖縄がムー大陸だったと思いますか？」

「環太平洋の巨石文明に、沖縄が含まれていても不思議はありませんね。太平洋と中南米にあった文明に、沖縄が含まれていないというのは、むしろ不自然だと思います」

「ひかえめな言い方ですね」

「まずは、そこがスタートラインですよ」

「仲里教授は、ミクロネシアなど太平洋の島々に住む民族は、もともと沖縄から渡っていったと考えていたようですね」

「はい。ただ、沖縄だけでなく、マレー半島などから渡って行った人々もいたでしょう。教授の説の重要な点は、モンゴロイドが中国大陸から半島や陸橋づたいに海に出て行ったということなんです。かつて、民俗学では、日本の民話の中に南方系のものが混在している点を指摘して、ミクロネシアやメラネシア、ポリネシアなど太平洋の文化が日本に伝わったと考えていました。しかし、そうではなかった。流れは逆だった。中国大陸から沖縄陸橋に渡ってきた人々が、沖縄の水没を経験した。その先祖の記憶が伝説となって残り、一部は日本に伝わり、さらには太平洋の島々に伝わっていった。仲里教授はそう考えたのです」

「南方系の説話というのは、具体的にはどういうものをいうんですか？」

「浦島伝説です。竜宮城は海の底にありますね。あれは、かつて栄えた大陸が海の底に沈んだことを示しているんです」

「仲里教授は、邪馬台国も沖縄だったと考えていたようですね」

「その可能性もあると考えていました。三国志の魏書東夷伝倭人条、一般に言われている魏志倭人伝に記されている邪馬台国までの行程をそのままたどっていくと、九州を通り抜けてしまう。つまり、奄美大島か沖縄に行き着くことになる」

「入れ墨をしたり、海に潜って魚を捕るという記述があり、それは古い時代の沖縄の風習と一致するそうですね」

「仲里教授は、邪馬台国だけでなく、秦の時代の蓬莱《ほうらい》伝説も、沖縄の陸橋の時代の記憶ではないかと言っていました」

「蓬莱伝説？　たしか、仙人が住む理想郷ですね」

「そうです。徐福が、秦の始皇帝に、蓬莱国を探すと言って東に航海し、日本にやってきたといわれています。その蓬莱国です。おそらく、海に沈む前の沖縄陸橋は、理想化されるくらいに文明が発達して、豊かな国だったのかもしれない。いや、仲里教授はそう信じていました。三万年前には象もいたんですよ。原人たちは、大陸から象を追って陸づたいに沖縄にやってきたんでしょう。今でも、沖縄は、日本一の長寿県です。蓬莱国の名残なのかもしれませんね」

最後の一言は、本気か冗談かわからなかった。

助手をやっていただけあって、仲里教授の考えていたことをよく理解しているようだ。

「知念さんは、仲里教授の研究を引き継いでいらっしゃるのですか？」

「いえ。私は、沖縄トラフの活動を調べるのが専門です。地質学の本来の研究をしています」

「どうして、仲里教授の研究を引き継がなかったのです？」

「沖縄の海底遺跡はすでに一般に広く知られていますからね。アマチュア研究家などが、

ムー大陸の一部だと信じているようです。ちょっと、オカルトじみた雑誌などでも取り上げられました。そう。こうしたテーマは、オカルトやカルトと結びつきやすい。さらに、最近、海外から相次いで研究者が調査に来ています。もう、私の出る幕はない」

「あなたが、専門の地質学に専念なさるということは、佐久川教授の方針にも合っていますね」

知念はちょっと、鼻白んだ顔つきになった。

「そういうことではないんです。あれは、仲里教授だからできた研究です。先生には確固たる信念があった」

石神はうなずいた。

「麻由美さんが見る夢のことですね」

「そう」

知念は、麻由美のほうを見た。「先生は、麻由美ちゃんのユタとしての能力を疑っていませんでした」

石神は麻由美がどういう顔をしているか気になり、眼をやった。

麻由美は、やはり表情を閉ざしていた。明智は、あいかわらず不思議そうな顔で沖縄の料理を食べている。

「仲里教授が亡くなった日、あなたも現場にいたのですか?」

「ええ」

知念は、沈んだ顔つきになった。「近くの安宿に泊まって、そこをベースにして短期間の調査をやっていました」

「ほかには、どんな人がいました？」

「ダイバーが二人です」

「たった四人で……」

「予算が限られていますからね」

「その日、教授に変わった様子はなかったですか？」

「警察にも同じことを訊かれましたね。たしかに、先生の様子は変だったかもしれない。思い詰めたようなところがあったように思います」

知念がそう言ったとき、突然、麻由美が言った。

「嘘よ」

石神は驚いて、麻由美の顔を見た。

麻由美は、まっすぐに知念を見た。

「父さんの様子は、ちっとも変じゃなかった」

知念は、気まずそうに石神の顔を見た。

石神は、麻由美に尋ねた。

それから、知念は麻由美のほうを見て言った。「本当に済まないと思っている。僕がいっしょにいながら……。ずっと謝りたいと思っていたんだ」

「謝ってなんかくれなくていい」

麻由美は言った。「本当のことをしゃべってくれれば」

知念は、悲しげな顔になった。よく表情が変わる男だ。

「僕は本当のことをしゃべっているよ」

麻由美は、アーモンド型のよく光る眼で知念を見つめていた。知念は眼をそらした。

麻由美は、それきりまた何も言わなくなった。沈黙の間があった。

「どうして、宜名真の海底鍾乳洞なんて、調査していたんだろう」

明智が言った。

石神と知念は同時に明智のほうを見た。

明智はさらに言った。

「だって、宜名真の海底鍾乳洞って、仲里教授の捏造疑惑の舞台となったところでしょう？　普通ならそんなとこ、もう調査しても仕方がないんじゃないかな……」

知念は言った。

「そういうもんじゃないんだ。あの頃、先生は研究の対象を宜名真の海底鍾乳洞に絞っていた。鍾乳洞が海底にあるということは、かつてそこが地上だったことを意味している。いつ鍾乳洞が海に沈んだのかを特定できれば、沖縄陸橋が沈んだ時期がはっきりと証明されたことになる。先生は、捏造疑惑と戦おうとなさっていたのかもしれない」

「あるいは、気にしていなかったか……」

明智が言った。

知念が眉をひそめた。

「どういうことだね?」

「捏造疑惑のことを気にしていたら、調査をしようなんて気は起きないでしょう。その結果を発表したところで、それも捏造だろう、なんて言われるだろうし……」

知念は、沈んだ面持ちで独り言のように言った。

「あるいは、そうだったかもしれない」

石神は、知念に尋ねた。

「それは重要なポイントですよ。教授は、捏造疑惑報道のことを気になさっていましたか?」

「よくわからないんですよ。教授は研究に没頭すると、他のことにはまったく関心を示さなくなるんです。実をいうと、あれだけ新聞で騒がれても、研究をやめようとはしなかった。その精神力に驚いたのですが、おっしゃるとおり、そんなことはどうでもよかったのかもしれない」

「重要なポイントだと言った意味がおわかりですか？」

石神は念を押すように尋ねた。

「え……？」

「あなたは、教授が捏造疑惑と戦おうとしたのかもしれないと言われた。あるいは、そんなものはどうでもよかったのかもしれない、と……」

「はい」

「ならば、仲里教授の自殺の理由はなくなってしまう」

知念は、あっという顔をした。今初めてそれに気づいたようだ。彼は、しばし茫然と石神の顔を見つめていた。

13

ホテルに戻って、石神は、一人考えに沈んでいた。

明智の指摘は当を得ていた。知念は、本当に自分が言ったことに気づいていなかったのだろうか。

何かを隠そうとして、墓穴を掘ったということも考えられる。いずれにしろ、今のところ、誰も信じられない。

なんだか、麻由美の立場がわかってきたような気がする。誰もが嘘をついているような気がする。

殻に閉じこもりたくなるのも当然だ。しかも、彼女は何かに怒っている。それは、何なのだろう。

電話が鳴った。

ベッドに寝ころんでいた石神は、寝返りを打ってベッドサイドの受話器を取った。

相手は、沖縄県警の志喜屋幸一だった。

「何度か電話したんだ。明日は、九時に迎えに行く」

無愛想な声だ。

「わかった。面倒かけて済まんな」

「まったくだ」

電話が切れた。

相手が無愛想だろうが、嫌われていようが石神は気にしないことにしている。刑事時代に慣れっこになっていた。

警察官は、だいたい嫌われ者だ。

石神は、麻由美の部屋に電話をして、志喜屋が九時に迎えにくることを告げた。

「ロビーに九時に集合だ」

「わかった」

すぐに電話が切れるものと思った。だが、麻由美は電話を切らずに、沈黙している。

何か言いたいのかもしれない。

「どうした?」

「あなたの言ったとおりだと思う」

「何のことだ?」

「父さんが自殺する理由なんてない」

「そうか」

「あなたは、わかってくれるのね?」

「少なくとも、そうしようと努力している。真実を探り、教授の無念を晴らす。それが、
俺の仕事だ」

また、沈黙の間があった。ややあって、麻由美は言った。

「明日、九時、ロビーね」

「ああ」

「おやすみなさい」

「おやすみ」

電話が切れた。

おやすみなさいと言った彼女の声が、耳に残った。

石神は、明智の部屋に電話をした。

「俺たちは明日、現場に行ってくる。おまえは、デイリー南西のことを、もう少し詳しく調べてくれ」

「はい」

「さっきは、いいところに気づいたな」

「何のことです？」

「教授が捏造疑惑の舞台となった場所で調査を続けていたということだ」

「誰だって疑問に思うでしょう」

「俺は聞き流すところだった」

「他のことに気を取られていたからでしょう。それにしても……」

「なんだ？」

「沖縄の料理って、不思議なものばかりですね」

そういえば、明智はずっと奇妙な表情で料理を食べていた。

「好みに合わないか？」

「逆ですよ。癖になりそうです」

＊

石神は、九時五分前にロビーに降りた。志喜屋と麻由美は、時間どおりに現れた。

志喜屋は、仏頂面でちいさくうなずきかけただけで、外に向かって歩きだした。石神は麻由美とともにそのあとについていった。

「あの刑事に、以前会ったことはあるか？」

石神は、そっと麻由美に尋ねた。

「顔は見たことがあるような気がする。でも、話したことはない」

実際の捜査は所轄の刑事がやるだろうから、県警本部の志喜屋は、おそらく情報の整理などをしていただけなのだろう。

石神が助手席に乗り、麻由美が後部座席におさまった。石神がシートベルトをするのを確認すると、志喜屋は乱暴に車を出した。

車は何度か角を曲がり、高速道路に乗った。昨夜地図で確認していた。北部の名護までは高速で行ける。

石神は、一言も口をきこうとしない志喜屋に尋ねた。

「あんたは、現場で聞き込みなんかをやったのか？」

志喜屋は、前方を見たまま何も言わない。質問したことを忘れてしまいそうなくらいに時間が経ってから、志喜屋はこたえた。

「実際の捜査にはほとんど関わっていない。そういうことは、所轄がやる」

「そうだろうな」

「それがどうかしたか？」

「いや。実際に捜査したのなら、彼女と顔見知りのはずだと思ってな」

それきり、また志喜屋は口を閉ざした。

麻由美も何も言わない。石神も誰かとおしゃべりをする気分ではなかった。車窓の外を眺めた。

那覇の街を離れると、とたんに緑が増える。一年中色濃い緑に覆われているのだろう。林というより、ジャングルに見える。

いくつかの街を通り過ぎ、広大な基地の脇を通り過ぎた。基地は、芝生に覆われ、実
はるか前方に大型ヘリが浮かんでいるのが見えた。チヌークと呼ばれる輸送用のヘリコプターだ。

こうした光景を見ると、基地の存在が大きいということが実感できる。東京にいると、基地問題というのは、活字でしかない。何事も実感が大切だ。

仲里教授の問題も、こうして実際に沖縄に来てみると印象が変わってくる。東京で、新聞などの記事を集めたときは、自殺だったに違いないと思っていた。

麻由美はそれを敏感に察知したのかもしれない。沖縄に来て、彼女の態度はたしかに変わった。だが、それは石神が変わったということなのかもしれない。

気が重くなるようなドライブが続き、やがて、志喜屋の車が高速を降りた。海沿いの道をしばらく走る。海の色はまるで作り物のように美しい。十一月だということを忘れてしまいそうだ。

やがて、志喜屋は車を停めた。

「ここからは、歩いていくしかない」

三人は車を降りた。急な坂を登っていく。しばらく歩いた。息が切れる。日頃の運動不足を悔いた。

やがて、断崖絶壁の上に出た。岩肌がそそり立ち、はるか下で波が白く砕けている。思わず背筋がむずかゆくなった。

高い場所はあまり得意ではない。

「あっちが、茅打ちバンタだ」

ぶっきらぼうな口調で、志喜屋が言った。海に向かって立った彼は、左手を指差している。

「茅打ちバンタ?」

石神が尋ねると、志喜屋は面倒くさげに短く説明した。

「七、八十メートルもある断崖絶壁だ。ここの崖は二十メートルほどだから、ざっと四倍ほどの高さだ。展望台がある」

「想像するだけでぞっとするな」

「帰りに寄ってもいいぜ」

こちらが嫌がることなら歓迎だと言いたいのかもしれない。

麻由美はじっと下を見つめている。崖は、海からまっすぐに切り立っている。

「教授が発見されたのは、どこだ?」

石神が尋ねると、志喜屋は、数メートル右に移動して下を指差した。

わずかだが、岩が棚のように出っ張っているところがある。そこは海面に近く、時折波のしぶきを浴びていた。

死ぬならここしかないという出っ張りだ。そこ以外では、まっすぐに海に落ちてしまう。ここならば、岩に激突して確実に死ぬ。

石神はちょっと心にひっかかるものがあった。

確実な死。

それが気になる。

自殺なら、入水自殺でもいいだろう。海に落ちた場合、問題なのは生き延びる可能性がゼロではないということだ。

石神は足元を仔細に調べた。岩場だ。崖から少し離れると黒っぽい砂利になり、そのさらに内側には草が生えている。

「争った跡はなかったんだったな？」

石神は、志喜屋に尋ねた。

「ああ」

それ以上は何も言おうとしない。

「発見されたとき、教授はどんな服装だった？」

「普段着だったよ。グレーのズボンに白いシャツ。その上に作業着のようなジャンパーを着ていた」

「普段着ね……」

石神は再び、断崖の下を眺めた。捜査のときには被害者の気持ちになれと昔先輩刑事に言われたことがあった。

そうすれば、今まで見えなかったものも見えてくる。

石神は、捏造疑惑で追いつめられた仲里教授になりきろうとした。

新聞でさんざんに叩かれる。大学では問題にされる。記者会見をしなければならなかったかもしれない。

衆目に恥をさらすことになる。

いたたまれない気持ちになる。学者としての将来をすべて奪われたような気分になり、絶望していたかもしれない。

実際、東北で捏造事件を起こしたゴッドハンド氏の将来は失われた。ゴッドハンド氏は現在精神を病み、病院で療養中だという。

そうなれば、ここから身を投じる気にもなるだろうか。そして、確実に死ぬために、あの岩の小さな棚めがけて飛び降りた……。

石神はかぶりを振った。

どうしても、そうは思えない。

事実、捏造疑惑が報道されても、教授は調査研究活動を続けていた。疑惑の舞台となった、この宜名真海底鍾乳洞の調査をしていたのだ。

そして、確実に死ねる岩の出っ張りを選ぶような冷静さがあれば、自殺など思いとどまったかもしれない。

確実な死というのは、本人の考えではなく第三者の考え方のような気がする。

石神は、絶壁から離れ、退屈そうな顔をしている志喜屋に尋ねた。

「仲里教授は、亡くなった日に、彼女に電話していたという。それを知っていたか?」

志喜屋は、ちらりと麻由美のほうを見てから石神に視線を向けた。そして、わずかに嘲るような口調で言った。

「いいや。知らんね。それがどうかしたのか？」

「教授は、留守にするときには、必ず彼女に電話したそうだ。そして、その日も電話してきた。いつもと変わらない様子だったそうだ。クリーニングに出してあったワイシャツを取ってきておくようにと、彼女に言ったそうだ」

「何が言いたいんだ？」

「これから自殺しようとする人が、クリーニングに出したワイシャツのことなんか気にするか？」

「死ぬ前にすべてのことをきちんと片づけておこうと思ったんじゃないのか？」

その一言に、石神は腹が立った。

こちらに反感を持つことには何とも思わない。だが、手がけた事案に対して真面目に考えようとしないことには腹が立つ。

さらに、考えの足りない無能な刑事にも腹が立つ。

「あんた、それ、本気で言ってるのか？」

「だったら、どうだと言うんだ」

「刑事をやめちまえ」

志喜屋は、一瞬、むっとした顔をしたが、すぐにふんと鼻で笑った。

石神はさらに言った。

「彼女は、そのことを刑事に話したと言っている。あんたが知らないということは、誰かがどこかで握りつぶしたか、無視したんだ。だが、遺族の重要な証言だぞ」

「重要だって？」

志喜屋は、まだ本気で考えようとしていないようだ。

「自殺じゃない可能性」

石神は言った。「そいつが高まるってことだ」

「ばかな」

志喜屋は鼻で笑った。

あくまでこちらをばかにした態度だ。探偵など相手にできないというのだろうか。

一発ぶん殴ってやろうか。石神は本気でそう考えた。志喜屋が、もう一言気に障ることをしゃべったら、本当に殴っていたかもしれない。

だが、志喜屋が何か言う前に、麻由美が口を開いた。

「そう。あたしも、自殺だとは思っていない。誰もあたしの話を本気で聞いてくれなかった。警察でさえも……。あたしはようやく、話をちゃんと聞いてくれる人に出会ったんだよ」

志喜屋は、眉をひそめて麻由美を見つめていた。

14

宜名真からの帰り道、やはり志喜屋は何も言わずにハンドルを握っていた。だが、石神はもはや気にならなかった。

考えることが山ほどあった。仲里教授は、捏造疑惑が報道されたあとも、その捏造疑惑の現場である宜名真海底鍾乳洞の調査を続けていた。

助手だった知念は、仲里教授は研究一筋の人で、捏造疑惑のことなど気にしなかったのではないかと言った。

あるいは、一人疑惑と戦おうとしていたのかもしれない。

そうなると、自殺の原因はなくなる。少なくとも、捏造疑惑が自殺の原因ではないということになる。

警察はその事実に気づかなかったのだろうか。そんなはずはない。どこかで、事実がねじ曲げられている。

そんな気がした。だが、その理由がわからない。

明智は、沖縄の基地問題や軍用地地主の問題を調べてきた。

基地。

軍用地地主。

琉央大学の副学長推薦。

そして、デイリー南西……。

いろいろな要素が頭の中で結びつこうとしている。だが、それぞれはいまだにばらばらで何の関連も見せていない。

だが、すべてのことが気になった。佐久川教授とデイリー南西の結びつきも偶然ではないだろう。

石神は、何度も頭の中でさまざまな要素をくっつけてはまた引き離し、別の要素とくっつけてみた。

結局、まだ何もわからない。

車に乗り込む前に、事件当日仲里教授が宿泊していた民宿に行って主人とその家族に話を聞いた。

彼らはただ、一様に驚いただけだと繰り返した。

さらに、主人は言った。

「ずいぶん前のことだからね……。はっきり覚えていないことも多い。正直に言って、警察に何をしゃべったかも、よく覚えてないいんだ。こっちもびっくりしてうろたえていたしね……。まあ、部屋で死なれなくてよかったというのが、本音でね……」

人の記憶なんてそんなものかもしれない。この民宿を営む一家は嘘は言っていない。それは、石神の経験から断言してよさそうだ。

つまり、彼らは何も知らないのだ。

遺体の第一発見者にも会ってみた。八十歳過ぎの老人で、沖縄弁で話すため通訳が必要なほどだった。老人の息子の嫁がその通訳をやってくれた。

おそらく志喜屋も老人の言葉を理解していたはずだが、彼は協力してはくれなかった。

老人は、散歩していて遺体を発見しただけだ。それは、志喜屋から聞いた事実と一致している。

結局、新しい事実は何もつかめなかった。だが、やはり現場を見てよかったと思った。

石神は、仲里教授が自殺だったという判断に、おおいに疑問を持ちはじめていた。

理屈ではない。現場に足を運んでみた感触だ。刑事時代の言葉で言うと心証というところだ。

麻由美も何も言わない。彼女はじっと窓の外を見つめている。彼女も何かを考えている。石神は、当初彼女が肉親の死にショックを受け、悲しみのあまり殻に閉じこもっているのだろうと思っていた。

だが、そうではないことがわかってきた。少なくとも、彼女は悲しみに暮れているわけではない。

何かを恐れ、同時に怒っているように思える。

彼女は何かを知っているのだろうか。

何か知っているとしたら、それを話してくれるだろうか。

石神の思考が取り留めなくなりはじめた頃、志喜屋の運転する紺色のワゴン車は、那覇の市内に入った。

やがて、宿泊している久茂地川の脇のホテルに着いた。

石神が形式だけの礼を言って車を降りようとすると、志喜屋が唐突に言った。

「どういうつもりで、沖縄に来た？」

「今頃、何を言ってるんだ」

石神は、志喜屋の顔を見た。「何度も言ってるだろう。依頼を受けて、仲里教授の死について調べに来たんだ」

「結論はもうわかっているんだろう」

「どういうことだ？」

「教授は、自殺だった。そういう報告をするためにやってきたんだ。そうだろう」

志喜屋の表情が固かった。

石神は不思議に思った。ついさきほどまで、志喜屋は石神に対して反感を露わにしていた。今もそれはたいして変わっていない。だが、ちょっと印象が変わった気がした。

彼は戸惑っている。そんな印象だった。

「俺は仲里教授が自殺だったという結論に疑問を持ちはじめている」

「ばかな……」

志喜屋は、そこまで言って言葉を呑み込んだ。その態度が気になった。

「いけないか？ それが俺の仕事だ。少なくとも、自殺だったという結論を出してそれに見合った情報だけを持ち帰るようなことはしない。これでもプロの探偵なんでな。警察と違って信用が第一なんだ」

朝から志喜屋の態度を面白く思っていなかったので、ちょっと当てこすりを言ってやった。

だが、志喜屋はそれをまったく気にした様子はなかった。別のことで頭が一杯という感じだ。

こいつ、何を考えてるんだ？

志喜屋は、石神から眼をそらし、フロントガラスを見つめた。

「あんた、本当に真相を追究しようというのか？」

「あたりまえだ。それが仕事だ」

志喜屋はフロントガラスを見つめたまま言った。

「明日は、何をするんだ?」

「そうだな……」

石神は言った。「あの海底鍾乳洞に潜ってみたいな……」

志喜屋は、また石神を見た。驚きの表情だった。

「何のために……」

「もちろん、調査のためだ」

「海底鍾乳洞に入ってみて何がわかるというんだ?」

「さあな。だが、見てみたいんだ。俺の仕事は警察の捜査とは違う。仲里教授の研究の内容そのものにも興味がある」

「俺にダイビングの手配までしろなんて言うなよ」

「それは、こっちで何とかするさ」

「明日の朝、電話する」

「何度も言うが、俺たちに付き合う必要はないんだ」

「そっちになくても……」

志喜屋は、車のシフトレバーをリアに入れた。

車を降りろという合図だ。

石神は助手席から降りた。ほぼ同時に後部座席から仲里麻由美も降りてくる。

志喜屋の車は走り去った。

麻由美は、今のやりとりを聞いていたはずだ。だが、何も言わなかった。

ロビーに入ると、石神は麻由美に言った。

「ダイビング・ショップをやっている知り合いなんていないだろうな？」

麻由美は、石神を見つめて言った。

「本当に潜るつもり？」

「本気だよ」

「何のために？」

「あんたも志喜屋と同じことを訊くのか？」

麻由美はその問いにはこたえなかった。石神は言った。

「正直に言ってな、何のために潜るかなんて、俺にもわからない。だが、潜らなきゃならないような気がするんだ。どうだ？　これでこたえになっているか？」

麻由美は眼をそらした。

「ダイビングやってる知り合いなんていないわ」

彼女はそう言うと、石神に背を向けてエレベーターホールに向かった。石神はその背中に向かって声をかけた。

「七時に夕食に出かける。七時にロビーだ」

麻由美は何もこたえずに角の向こうに姿を消した。

彼女は苛立っているように見える。これまでなかった反応だ。苛立っていようが、怒っていようが、まったく感情を表に出さないよりはずっとましだと思った。

石神はフロントで、ダイビング・ショップの案内か何かないかと尋ねた。細長いパンフレットをくれた。


部屋から、いくつかのダイビング・ショップに電話をして、宜名真の海底鍾乳洞に潜りたいと言ったが、いずれも今日の明日では無理だと言われた。

石神は知らなかったが、どうやらダイビングというのは、何人かのグループでポイントを決めて潜るらしい。

ガイドと機材だけをチャーターするというわけにはいかないようだ。船の都合もある。

「誰か知り合いを紹介してもらえないか？」

最後に電話をしたショップに、無理を承知でそう尋ねてみた。

しばらく待たされた。それから、ある電話番号を教えられた。

「ダイビング・ショップをやってるわけじゃないけど、その人なら案内してくれるかもしれないですよ」

石神はさっそく電話をしてみた。

ぶっきらぼうな男の声が聞こえてきた。

宜名真の海底鍾乳洞に潜りたいと言うと、相手は言った。

「物好きだな」

「そう」

石神はこたえた。「物好きなんだ」

「いくら出す？」

「相場がわからない」

「何人潜るんだ？」

石神は、明智のことを考えた。あいつも潜りたがるだろう。

「二人だ」

「一人五万だ」

「それは、機材のレンタル料込みか？」

「レンタル料込みだと一人六万だ」

「ちょっと高いような気がするな」

「嫌ならやめればいい」

石神は、条件を呑んだ。今回の調査は確実に赤が出るかもしれない。高校生から莫大な調査費をふんだくる気にはなれない。

まあ、休暇で来たと思えば腹も立たないか……。

それからほどなく、明智から電話がかかってきた。部屋からかけているという。

「こっちへ来てくれ。報告を聞こう」

明智は、すぐにやってきた。昨日と違って、コピーの束を抱えているわけではなかった。

「何かわかったか？」

「デイリー南西というのは、もともとはいわゆる経済紙だったようですね。地元の商工会議所や財界などの情報を扱っていたようです」

「だいたい察しがつく。業界ゴロみたいなもんか？　地元財界のスキャンダルなんかをほじくり出してそいつを金にしようという連中だ」

「それから、十年ほど前に紙面を一新して株式会社化しています。社主もそのときに変わりました。それからは一般大衆紙ですね」

「誰かにそっくり買われたということかな……。発行部数が極端に少ないと言っていたな……」

「ええ。実体はどうやら、地元の保守勢力の御用新聞というところらしいです」

「保守勢力の御用新聞……？」

「はい。だから、広告収入がけっこう入っています。それに、この新聞の大口株主の一人が、大里和磨《おおさとかずま》なんです」

「大里和磨……。衆議院議員のか？」

「ええ。沖縄選出の与党の議員ですよね」

「あんまりいい噂がないやつだ」

「それも図書館で調べてみました。地元紙では、特に評判がよくないですね。米軍基地とのパイプ役だと自分では言っているらしいですが、どうやら米軍基地に関わる利権をかなり手にしているらしいですね」

「米軍基地に関わる利権……？」

「米軍基地の建物のメンテナンスや増改築には、地元の業者が使われます。それの落札に絡む利権だとか、あるいは、基地の返還についての情報などを流して金融機関からその情報料をもらったりとか……。金融機関は、どこの基地が返還されるかひやひやしているという話、しましたよね」

「例の外務省を好き勝手に使っていた議員と土地連の間を取り持ったのも、大里和磨じゃなかったか……」

「そんな話もありましたっけね」

石神は考えた。

また、ジグソーパズルのピースが一つ増えた。だが、それがどこに収まるのかわからない。

「明日、午前中にデイリー南西に行ってみるか……」

「僕はどうします？」

「ああ、そうだ。明日は午後から宜名真の海底鍾乳洞に潜ってみるぞ」

「手配は済んだんですか？」

石神は、ガイドをチャーターしたことを告げた。

「僕に言ってくれれば、もっと安くチャーターできたかもしれないのに……」

「つてがあったのか？」

「ダイバーは、あちらこちらに知り合いがいるんですよ」

「ふん」

石神は面白くなかった。「じゃあ、次の機会にはおまえに頼むよ」


翌日の午前中に、石神は明智とともにデイリー南西を訪ね、話を聞くことにした。デイリー南西本社は那覇の中心地にそこそこのビルを持っていた。

来意を告げると受付嬢は、内線電話をかけた。それから、所定の紙に住所氏名を記入してから編集部へ行けと言った。

編集部は、想像通り雑然としていた。記者たちの机の上にはノートパソコンが一台ずつ置かれている。そのパソコンの周囲は、書物やら書類やらが山と積まれていた。

初老の男が机から立ち上がり、石神たちが立っていた部屋の出入り口に近づいてきた。

「デスクの山本と言います」

半白《はんぱく》の男が言った。「捏造疑惑について何かお知りになりたいとか……」

石神は、うなずいた。

「あの記事はこちらのスクープでしたね」

山本はにこりともせずに言った。

「そうです」

疑わしげな眼でこちらのスクープを見ている。

石神は名刺を取り出して相手に渡した。山本は、眼を細め、名刺を離してみた。老眼らしい。

「仲里教授が自殺された件で、調査の依頼があり、東京からやってきたのです」

山本は、さらに不機嫌そうな表情になった。

「教授の自殺については、我々に責任はないよ。デイリー南西は、事実を報道しただけだ」

石神は、山本を懐柔することにした。

「いやいや、そういうことではないんです。事実関係を洗い出しているだけでして……」

山本は、迷惑そうな顔でしばらく石神を見つめていた。

やがて、彼は言った。

「ま、ここでは落ち着いて話ができない。こちらへどうぞ」

石神たちは、部屋を横切ったところにある応接セットに案内された。衝立《ついたて》で仕切られている。

石神と明智が並んで座り、向かい側に山本が座った。

「記事を読みました。なんでも、調査に協力していたダイバーが捏造を内部告発したんだとか……」

「そうです」

「事実関係については、かなり取材なさったのでしょうね」

「実際に捏造に使われた石板を見ましたよ。あれは、県立博物館に保管されている石板と同種類のものでした。専門家の意見も聞きました」

「専門家？　何の専門家です？」

「考古学者ですよ」

「ほう。その考古学者というのは誰です？」

「琉央大の佐久川教授ですよ」

「やっぱり……」

石神が言うと、山本は眉をひそめた。

「やっぱりというのは、どういう意味だね？」

「先日、佐久川教授にお会いしましたよ。立派な方ですね。今度琉央大学の副学長になられるそうですね。こちらの新聞にもよくエッセイなどを書かれていますね。それで、考古学者と聞いてぴんときたわけです」

「そう。佐久川教授には日頃からお世話になっている」

「仲里教授も同じ琉央大学ですよね」

山本は、石神を睨んだ。

「何を勘ぐってるんだ？」

「べつに何も……。佐久川教授とはお付き合いがあったけれど、仲里教授とはお付き合いはなかったのか……。そう思っただけです」

「仲里教授とは付き合いはなかった。あの人は、その……、何というか、反体制派だからね。我々の新聞は良識を重んじる」

「反体制派……？　どういうことです？」

「仲里教授はね、強硬な基地返還論者だった。基地の返還運動の人たちともつながりがあった」

「それは初耳ですね……。でも、基地返還運動というのは、沖縄ではむしろ主流派なのではないですか?」

「そんなことはない。沖縄の県政や経済を真剣に考えている人たちは、ただ基地返還だけでは済まないことを充分に知っている。開発がセットになっていなければならない。基地と同じかそれ以上の経済効果のあるものが、基地の跡地に作られるかどうか……。そういうビジョン抜きでは基地返還は語れないんだ。だが、今の基地返還運動や、基地反対運動は、ただの反体制的な運動に過ぎない」

山本は突然、雄弁になった。

彼の言葉は、デイリー南西の立場をよく物語っていた。

良くも悪くも、実に体制的だ。

だが、石神にとってはそれはどうでもいいことだった。

さらに言えば、デイリー南西の捏造疑惑の記事自体もどうでもいいと考えていた。本当に知りたいのは、デイリー南西を巡る人間関係だ。

石神は、もっと山本にしゃべらせたかった。そのうち、ぽろりとこちらが知りたいことを話してくれるかもしれない。

そのために、熱心にうなずいて見せた。

「おっしゃるとおりだと思います。現在基地に土地を貸して地代を受け取っている地主の人たちへの、返還後の補償も考えなければなりません」

「そうなんだよ」

山本は言った。「まず第一に考えなければならないのは、沖縄県の経済問題なんだ。沖縄は日本一失業率が高い。観光以外に有力な産業が育っていない」

「沖縄の現状と将来を見つめて、冷静な判断をくだそうとしている人たちがいるということですね？」

石神は、山本を持ち上げた。

「もちろんいるさ」

「実行力がある人々でなくてはなりませんね」

「そうだ。感情的に物事を考えるだけではだめだ。政治的な力も必要なんだ」

「なるほどね……」

石神は、佐久川のことを思い出した。佐久川教授はたしかに学者というより政治家タイプに見えた。「佐久川教授も、沖縄では発言力があるのでしょうね」

「県内では実力のある学者ですよ」

「仲里教授はどうだったんです？」

山本はかすかに顔をしかめた。

「私らから見ると、中央志向に見えましたね。本土の大手出版社から本を出したりして、名前を売ることに熱心でした。仲里教授が基地返還運動の連中と接近したのも、中央の眼を意識してのことだと、私は思いますね」

「名前を売ることに熱心だった……？」

「そうです。だからこそ、あんな捏造事件を起こしたのだと思いますよ。功名心ですよ」

「佐久川教授と、御社のお付き合いは長いのですね？」

「長いですね」

「どういうきっかけで佐久川教授とのお付き合いが始まったのですか？」

「衆議院議員の大里和磨さんが、我が社と浅からぬ関係があります」

「ええ、それは知ってますが……」

「大里和磨議員と佐久川教授は幼なじみでしてね。佐久川教授は、選挙の際にもいろいろと協力なさったようです」

「そうですか」

「私どもの新聞は、今後も沖縄の将来をしっかりと見据えていくつもりです」

それが、山本の会談を締めくくる言葉だった。

「どう思う、山本の話」

ホテルに帰るタクシーの中で、石神は明智に尋ねた。

「別にどうも思いませんけど……」

「大里和磨と佐久川教授、そしてデイリー南西がつながった」

「ここは沖縄です」

「どういう意味だ？」

「東京じゃないんです。地方都市というのは、東京なんかよりずっと世界が狭いんですよ。いわば村社会です。大里和磨と佐久川教授が幼なじみだったとしても、別に何の不思議もありませんよ」

「俺が言いたいのは、仲里教授の人物像だよ。山本が言っている仲里教授は、知念が語ったのとはまるで別人のようだ」

「人によって、あるいは立場によって見方は違いますからね。僕たちは、園田圭介の話を聞いて、先入観を持たされていたのかもしれません。助手だった知念が娘の前で仲里教授を悪く言うはずもないし……」

石神はその明智の言葉を心の中で検討していた。

もちろん、山本が言っていたことの大部分はたてまえだろう。デイリー南西のような新聞に、世論を形成するほどの力はないし、紙面を見てもそんな気概は感じられない。

保守勢力の御用新聞という明智の言い方が当たっていると思った。だが、仲里教授について語ったことがすべて嘘だとは思えない。

考え込んでいると、明智が言った。

「仲里教授がどんな人物だったか、誰よりもよく知っている人がいるじゃないですか?」

「仲里麻由美か……?」

「そう。なにしろ娘ですからね」

「おまえ、彼女に訊けるか?」

「僕は彼女は苦手だと言ったでしょう」

「俺だって苦手なんだよ」

ホテルに着くと、すでに志喜屋が来て待っていた。

石神は、いったん部屋に戻りダイビングに必要な準備をした。ズボンの下に海水パンツをはき、タオルを持つと、ロビーに戻った。

麻由美には、昨夜夕食のときに、石神たちが潜っている間は別行動にしようと言った。だが、彼女は、いっしょに行くと言った。

別に断る理由もない。彼女も指定された船着き場まで志喜屋の車で同行することになった。

最後に明智がロビーに戻ってきた。彼は、小振りなバッグを手にしている。

全員が車に乗り込むと、志喜屋はまた乱暴に車を出した。

15

ひげ面のガイドの名前は、玉城といった。たまきではなく、たましろと読む。髪は短く刈っているので、顎を覆っているひげのほうが長いように見える。電話のときと同様に無愛想な男だ。

船は今帰仁村《なきじんそん》の運天港《うんてん》に係留されていた。小さなボートで、操舵室の前にテントが張ってあった。

石神と、明智、そして麻由美もボートに乗り込んだ。志喜屋は車で待っているという。玉城はTシャツに短パンという姿だ。

温かいとはいってももう十一月だ。海に出るとかなり寒いはずだ。だが、玉城はまったく気にしていない様子だ。

すぐに舫《もやい》を解いて出発した。

玉城は余計なことは言わない。ただ舵を取るだけだ。二人分の機材がテントの下に並べられていた。

明智は、自分のバッグからレギュレーターと残圧計を取り出した。

「持ってきたのか?」

「ええ。レギュレーターだけは、自分のを使いたいんですよ。命を預けるんですからね」

命を預けるか……。

石神はちょっとばかり嫌な気分になった。船は小さいので、うねりの影響をもろに受ける。陸地を離れると、石神は腹の底から揺さぶられた。

船酔いしそうだ。

「どのくらいかかるんだろうな……」

石神は明智に尋ねた。

「さあ、一時間半くらいじゃないですか」

石神はうんざりしてきた。波がはねてしぶきがかかる。ジャンパーがびしょびしょになった。

船は、猛スピードで波を切り裂いている。尻が浮くほどの揺れ方だ。

「おまえ、船酔いはしないのか?」

「慣れてますからね。こつは、船の動きに逆らわないことです。揺れに抵抗しようとすると、酔いますよ」

「それ、乗る前に言ってほしかったな……」

麻由美は涼しい顔をしている。やはり、船には慣れているのかもしれない。

石神がうんざりした気分になった頃、船のスピードが落ちた。右手に断崖絶壁が見えている。

玉城は、舵とスロットルを操りながら、しきりに海の中を覗き込んでいる。

「何やってんだ?」

石神は明智に訊いた。

「アンカーを打てる場所を探しているんですよ」

玉城は、できるだけ船を陸地に近づけようとしているようだ。やがて、玉城は舳先《へさき》のほうへ行き、錨《いかり》を海に放り込んだ。

それからまた操舵室に戻り、舵とスロットルを操っていた。アンカーを海底にひっかけようとしているのだ。

ようやくエンジンが停止した。

玉城は、テントの下にやってきて、ウェットスーツに着替えはじめた。

「あんたらも着替えな」

玉城は言った。「さっさと潜って引き上げよう。ぐずぐずしていると日が暮れるぞ」

石神は、服を脱いでウェットスーツに着替えた。ボートは揺れるので、なかなか思うようにいかない。

さすがに明智は慣れていた。手早くウェットスーツを身に着けていた。

石神の様子を眺めていた玉城が厳しい表情で言った。

「何本くらい潜ったことがあるんだ?」

石神はこたえた。

「四本だ」

玉城は絶句した。

「冗談じゃない。素人じゃないか」

「そうだ。だから、ガイドが必要だったんだ」

玉城はじっと石神を見た。

「あんた、電話ではそんなことを言わなかった」

「そっちだって、訊かなかっただろう。とにかくここまで来たんだ。潜らないわけにはいかない」

玉城は明智を見た。

「そっちの若いのはどうなんだ?」

明智はこたえた。

「二百本ほど潜っています」

「じゃあ、あんたが、この素人の面倒を見ろ。俺はガイドをするだけだ」

「わかりました」

石神は、明智に尋ねた。

「そんなにたいへんなのか？」

「浅いところだから、体が浮きやすいです。ウエイトを多めにつけてください。洞窟の中で沈めなくなったら、タンクがつっかえて身動きとれなくなりますよ」

石神は言われたとおりにすることにした。ダイビングに関しては、明智は大先輩だ。

機材の装着の仕方はちゃんと覚えていた。訓練をものにする習慣は、警察官の時代に培っていた。

タンクを背負うと、明智がチェックをしてくれた。

玉城が波を見ながら言った。

「潮が北に向かって流れている。ちゃんとついてこいよ」

「わかりました」

明智がこたえた。石神はただ二人に従うしかない。

「じゃあ、行くぞ」

玉城は、舷側をまたぐように足から海に入っていった。

「僕たちはバックロールで入ります」

明智が言った。「そのほうが安全です。船の縁に腰かけて、後ろ向きに海に入るんです。マスクとレギュレーターをしっかり手でおさえてください」

石神はうなずいた。

まず先に明智が入った。見事にくるりと頭から着水した。

石神は、麻由美が自分のほうを見つめているのに気づいた。

だが、次の瞬間、波しぶきの中に突っ込んでいた。

そのまま沈もうと思ったが、なぜかぷかりと水面に浮いてしまった。講習で習ったとおり、BCジャケットのホースを上に向けてエアを抜いたが、沈めない。

一度潜行した明智が浮上してきて言った。

「沈めませんか?」

石神は、ただ浮かんでいるだけで息が切れてきた。船に戻りたい。

「最初はなかなか息が吐けないんです。素潜りの要領で頭から突っ込んでください。そうすれば沈めます」

石神は、息を切らしながら、言われたとおりにした。素潜りの経験はある。

海面に顔をつけ、頭をぐいっと下げる。すると、突然、静けさに包まれた。突然、世界が変わる。明智が言ったとおり、頭を下にするとどんどん潜行していけた。

耳が痛くなる。耳抜きをした。ぽこんと耳から空気が抜けて痛みが消えた。

海の中は明るい。美しい透明なブルーの世界だ。

下で玉城が待っていた。石神を見ると、人差し指と親指で輪を作って見せた。だいじようぶかと尋ねているのだ。

石神は同じようにオーケーサインを出して見せた。玉城は、泳ぎだした。ゆったりとフィンを動かす。それだけで不思議なほど速く進んでいく。

石神は、ばたばたとフィンで水を蹴り、ついて行くのがやっとだった。息が切れる。ごぼごぼと泡の固まりがレギュレーターから吹き出して水面へと昇っていく。

明智が後ろからついてくる。その姿を見て、石神はほっとしていた。

やがて、青い世界にぼんやりと何かが浮かび上がって見えてきた。断崖のようだ。頭上では波が砕けているらしく、それが白い雲のように見える。

断崖にぽっかりと真っ黒い穴が口を開けている。玉城がライトを点けた。石神もそれにならって手に持った小型のライトを点灯した。

その穴の手前には小さな珊瑚のテーブルが見て取れた。

玉城がゆっくりと洞窟に入っていく。石神がそれに続き、その後ろに明智がついてくる。真っ暗な洞窟に入ると、独特の閉塞感を覚えた。

また呼吸が早くなった気がする。

洞窟は延々と続いているように見える。玉城が周囲をライトで照らす。石神はそれを真似てみた。

とたんに息苦しさを忘れた。その洞窟はたしかに鍾乳洞だった。天井からつららのように下がる鍾乳石と、地面の石筍が見て取れる。

その洞窟がかつて地上にあったことを物語っている。

玉城はどんどん奥に進んでいく。どうやら洞窟は、かすかに上り坂になっているようだ。突然、石神は、頭が水から出るのを感じた。あたりはまだ真っ暗だ。

玉城は浮上したまま、あたりをライトで照らしている。周りは大きなドーム状になっていた。

天井からやはり鍾乳石が下がっているのが見える。

「ここが大ホールと呼ばれているエアドームだ」

暗闇の中で玉城の声がした。

明智が浮上してきたようだ。彼もほうぼうにライトの光を当てている。

「残圧計を貸せ」

玉城が言った。石神は残圧計を手に取り、玉城のライトのほうに差し出した。玉城は残圧計に一度ライトを当てて、それから覗き込んだ。

残圧計のバックには蛍光塗料が塗られており、光って見える。

「もう戻ったほうがいいな」

玉城が言った。

それからすぐに彼は潜行した。石神はただついていくだけだった。

なんだか体がぞくぞくする。海底鍾乳洞の光景があまりに神秘的だからかもしれない。

また、ライトで周囲を照らしながら今来た道を引き返した。

天井で泡が銀色に光っているのが見えた。やがて目の前が明るくなってくる。洞窟を出たときには、解放感で声を上げたくなった。

明るく青い世界に戻ってきた。そこには太陽の光があふれている。

ゆっくりと船まで戻った。

三十分ほどのダイビングだった。だが、船に上がったときには、すでに石神のタンクにエアはあまり残っていなかった。

明智の残圧計はまだ七十を差していた。ベテランほどエアを消費しないのだ。

「すごいな……」

船に上がると、石神は言った。「本当に鍾乳洞だった」

ダイビングを終えた直後は、独特の躁状態になる。それを初めて実感した。普段よりおしゃべりになる。

明智が言った。

「僕も洞窟に潜ったのは初めてですけど、なんか神秘的ですよね」

麻由美はそんな二人を無言で見つめていた。

玉城が説明した。

「今日は大ホールと呼ばれているところまでしか行けなかった。あの脇に、もう一つ小さな部屋がある。大ホールには貝塚の跡もあるらしい」

彼も潜る前より機嫌がいいように見える。

石神は尋ねた。

「貝塚があるということは、あの洞窟に人が住んでいたということだな？」

「あの中で石器も見つかっている」

「石器……？　石板じゃなく？」

「あそこから石板なんて見つかるはずない」

「そのことを調べたかったんだ」

「あんた、何者だ？」

とたんに玉城の表情が険しくなった。警戒しはじめたようだ。

「俺は探偵だ。ここで石板の発見を捏造したといわれ、自殺したことになっている大学教授のことについて調べている」

玉城の眼差しが前にも増して冷ややかになった。

「仲里教授のことを……？」

「そこにいるのは、仲里教授の娘さんだ」

玉城は、驚いたように麻由美の顔を見た。麻由美は無言で見返す。

玉城が視線を石神に戻した。戸惑ったような表情だ。

「何を調べようというんだ？」

「まず、自殺だったのかどうかを調べる」

「自殺じゃないと思っているのか？」

「今はまだ何とも言えない」

石神は、玉城の態度が気になって尋ねた。「なんだ？　気に入らないことでもあるのか？」

「気に入らないな」

「何がだ？」

「捏造疑惑は、当時仲里教授の研究調査のために潜っていたダイバーがチクって発覚したということになっている」

「ああ。それがどうかしたか？」

「チクったダイバーは、それからほどなく事故死している」

「事故死……？」

それは知らなかった。

「知っているやつだったのか？」

「俺もいっしょに潜っていた」

「何だって……」

「仲里教授に雇われて、潜っていたんだ。だが、少なくとも、俺は捏造のことなんて誰にも話していない。だとしたら、そいつが話したことになるが……」

玉城の表情に怒りが見て取れた。「そいつは死んじまった」

「捏造は本当にあったのか？」

「知らない」

玉城は言った。

「知らないはずはないだろう」

「少なくとも、俺は捏造の話など知らない」

「石板は見たのか？」

「俺は石板なんて見たこともない」

「調査の間、話題になったことはないのか？」

「ない」

「おかしいな……。ならば、捏造の意味がない。誰かが石板を発見したと言いださなければ、捏造など成立しない」

「調査の間、俺は石板のことなど知らなかった。俺たちは貝殻や石器を探していたんだ」

「貝殻や石器……?」

「あそこに人が住んでいた痕跡を見つけようとしていた。だが、それは石器時代の話だ。石板とは時代が合わない」

「その点は俺も知っている」

石神は考えた。「では、捏造事件そのものが捏造されたということになる……」

「俺は何も知らない」

「そのことを誰かに言ったか?」

「誰にも言っていない」

「なぜだ。あんたが調査で石板など見ていないと言ったら、少しは仲里教授の立場をよくできたかもしれない」

「相棒は死んだ。俺は死にたくない」

「それは、あんたの相棒が殺されたということか?」

「相棒はあくまでも事故死だよ。警察がそう判断した」

「今からでも遅くはない。港に刑事が来ている。その話をしてくれないか」

「俺は関わりたくない」

「関わりたくないだって? 何に関わりたくないというんだ」

「わからない」

玉城は言った。「わからないが、すでに二人の人間が死んでいる」

玉城の言いたいことはわかる。仲里教授の周囲で何が起きたのかは知らない。だが、仲里教授と、彼の相棒は死んだ。片方は自殺で片方は事故死ということになっている。不安になって当然だ。

口を閉ざし、耳をふさぎ、眼をそらしているのが一番だと思うのが普通だ。

「その相棒だが、どういう状況で死んだんだ？」

「詳しくは知らない。相棒はガイドだけでは食えないので、護岸工事などの仕事をしていた。その最中に事故にあった」

沈痛な表情だった。

石神は探偵であって、警察ではない。形式に則《のっと》った尋問や調書は必要ない。事実がわかればいい。

玉城が嘘を言う理由はないし、嘘を言っているとも思えない。

石神はうなずくと言った。

「話したくなったら、電話をくれ。岸に上がったら、携帯電話の番号を教えておく。俺は、本当のことが知りたいだけだ。あんたには迷惑はかけない」

「充分迷惑なんだがな……」

「じゃあ、どうしてガイドを引き受けた？」

一瞬、玉城は口ごもった。

「俺も食わなきゃならんからな……」

「なるほどな……」

それだけではあるまいと、石神は思った。彼は、恐れていると同時に苦しんでいる。宜名真の海底鍾乳洞と聞いて、決して近づきたくはなかったはずだ。だが、同時に潜らずにいられなかったのだ。

玉城というのは、そういう男に見えた。決して腰抜けではない。

「今のうちに着替えておけ」

玉城はそう言うと、アンカーを上げる作業にかかった。

明智と麻由美は、今の二人のやりとりを聞いていた。麻由美が何を思ったか知りたかった。

石神が麻由美に眼をやると、麻由美は眼をそらし鍾乳洞のある洞窟のほうを眺めた。

そちらには、彼女の父親の遺体が発見された岩場もある。

石神は声をかけるのをやめた。

＊

海水パンツが濡れていて不快だった。その上からズボンをはいたので、ズボンに海水のしみができていた。

港に上がると、志喜屋のワゴン車が見えた。石神は、携帯電話の番号を名刺に書き込み、それを玉城に渡した。

玉城は、無造作にそれをポケットに突っ込んだ。

「また潜りたくなったら、電話するよ」

石神が言ったが、玉城は眼を合わせなかった。玉城が舫綱《もやいづな》を支柱に巻き付けながら言った。

「ごめんだ。あんたには二度と会いたくない」

石神は、紺色のワゴン車に近づいた。志喜屋が運転席のシートを倒して寝ていた。

運転席の窓をノックすると、志喜屋はのろのろと身を起こした。本当に眠っていたようだ。窓が開いた。

「張り込みにしちゃ、呑気だな」

石神が言うと、志喜屋はあいかわらず不機嫌そうに言った。

「これからどこへ行く？」

「ホテルだ。今日は引き上げる。とにかくシャワーを浴びて着替えたい」

志喜屋は石神の濡れたズボンに気づいた。

「おい、シートを海水で汚すな」

「心配するな。新聞紙でも下に敷くよ」

三人は志喜屋の車に乗り込んだ。

玉城がこちらを見ていた。

志喜屋が車を反転させた。那覇に向かう。バックミラーに玉城の姿が一瞬映った。まだ、車のほうを見ていた。

石神は、玉城が言ったことを志喜屋に話すべきか考えていた。話さないことにした。

志喜屋は、監視役だ。こちらが何を調べ出したか、知らせる必要はない。

16

ホテルに着いても、志喜屋は引き上げようとしなかった。

「なんだ？　今日はもうお役ご免だろう」

石神が言うと、志喜屋はこたえた。

「先日の夜、琉央大学の知念と食事に行っただろう。今夜も誰と会うかわからないからな」

「昨日はそんなことは言わなかった」

「昨日は昨日、今日は今日だ」

「じゃあ、俺たちの夕食に付き合うということか？」

「まあ、そういうことになるな」

石神は、今朝の志喜屋の態度を思い出していた。彼は迷っているようだ。何を迷っているのかはわからない。

だが、たしかに初日とは態度が多少変わってきている。

「俺はかまわないよ。夕食はいつも七時だ」

「車で待っている」

石神たちは、いったん部屋に引き上げた。一刻も早く濡れた海水パンツを脱いで、シャワーを浴びたかった。

部屋の電話が鳴り、石神は舌打ちした。

「石神です」

「あたし」

麻由美だった。

「どうした？」

「あのダイバーが言ったこと、どう思う？」

「少なくとも、嘘は言っていないと思うな」

「じゃあ、父さんが捏造をしたというのは、嘘なの？」

「それはわからない。玉城が知らなかっただけなのかもしれない」

「ダイバーが死んだことについては？」

「怪しいとは思う。だが、本当に事故だったかもしれない」

無言の間がある。

考えているのだろう。麻由美はたしかに変わりつつある。向こうから電話をかけてくるなんて、これまでは考えられなかったことだ。

「わかった」

麻由美はそう言うと突然電話を切った。

捏造など嘘っぱちで仲里教授は何かの理由で殺されたのだ。おそらく、麻由美はそう言ってもらいたかったに違いない。

だが、仕方がない。今の石神にはああ言うしかなかった。確かなことは何もわかっていない。

ジグソーパズルのピースがどんどん増えていくだけで、それがどこにはまるのかまるでわからない。

　とにかく、濡れた海水パンツを脱いでシャワーを浴びることにした。

＊

　ステーキ屋に入ると、志喜屋は、奥の席を指定した。壁際の席で、志喜屋がそこを選んだ理由は一つだ。話がしやすい。

　もしかしたら、志喜屋は何か話をしたくて我々と夕食をともにすると言ったのかもしれない。

　沖縄のステーキは有名だという話を聞いたことがある。かつて、米兵の要求にこたえるために、ステーキハウスがたくさんできた。

　今でもその名残があるのだ。悲しい歴史や怒りに満ちた歴史であっても、独特の文化を残してくれるものだ。

　それぞれにステーキのグラム数を言って注文をした。

　重苦しい食事だ。麻由美はあれから何も言おうとしない。志喜屋も無言のままだ。明智はもともと無駄口を叩くタイプではない。石神も、黙っていた。

　石神と明智はビールを注文して飲みはじめた。麻由美はコーラを注文し、志喜屋は水でいいと言った。

石神は、ビールを飲みサラダをつついた。最初に話しだしたのは、意外なことに志喜屋だった。

「潜ってみて、何かわかったのか？」

「ああ」

石神はこたえた。「やはり、現場を見てみるのは無駄じゃない」

「海の底に何があったというんだ？」

「なかなか神秘的な光景だったよ。もっとも、俺はビギナーだったんで、潜ることに無我夢中だったがな……」

「神秘的だって？　俺はその道楽に付き合わされたのか？」

「まあ、そういうところかな」

ステーキがやってきて、会話が中断した。熱い鉄板の上で分厚い肉がじゅうじゅうと音を立てている。肉汁の焼けるにおいで食欲がわいた。

好みのソースをかけて食べるのだが、石神は、塩だけを使った。肉にはガーリックとバターで風味がついている。

大きめに切って頰張った。歯ごたえがある。肉汁が口中に広がった。それをビールで飲み下した。

「案内してくれたダイバーは、父さんが研究調査で雇ったダイバーだった」

唐突に麻由美が言った。

志喜屋は驚いた顔で麻由美を見た。それから非難するような眼を石神に向けた。

「どうしてそれを言わなかった?」

「あんたに言う必要はない」

「なめた口をきいていると痛い目にあうぞ」

「俺は、沖縄県警に案内をしてくれと頼んだ覚えはない。あんたが勝手に俺たちについて回っているだけだ」

麻由美が、二人のやりとりを無視して言った。

「そのダイバーは、捏造のことなど知らないと言った。石板なんて見たこともないと……」

志喜屋が眉をひそめた。

「捏造疑惑は、ダイバーが密告したということになっている」

麻由美が石神の顔を見た。

石神は仕方なく説明を始めた。

「仲里教授はダイバーを二人雇っていた。今日俺たちがチャーターしたガイドとその相棒だ。俺たちのガイドをやってくれたダイバーは、捏造のことも石板のことも知らないと言っていた。となると、密告をしたのはその相棒のほうということになるが、その相棒のほうも石板のことを知っていたかどうかは疑わしいという」

志喜屋は、厳しい顔つきになった。

「密告をしたダイバーは死んでいる」

石神はうなずいた。

「当然、警察は知っているだろうと思っていた」

「じゃあ、今日、あんたたちと海底鍾乳洞に潜ったのは死んだダイバーの相棒ということか？」

「そうだ」

「知っていてそのダイバーを雇ったのか？」

「いや。偶然だった。いや、偶然とは言えないかもしれないな。昨日、あちこちのダイビング・ショップに電話をしてガイドを全部断られた。あるショップの紹介で彼に電話をしたというわけだ。そのショップは、彼があの洞窟に詳しいことを知っていたんだろうな」

志喜屋は疑わしげな眼で石神を見ている。

「なんだ、その眼は。俺は嘘は言っていない」

「そんなことは疑っていない。別のことを考えていたんだ」

「何を考えていた?」

「捏造疑惑のことだ。県警では仲里教授の自殺については調べた。だが、捏造疑惑そのものについては、調べていない。事件にはならなかったんでな」

「まあ、警察が介入するような問題じゃないからな」

「そして、それに関わったダイバーの死も、事故死ということだったんで、警察は詳しい捜査をしなかった」

「それも警察としては当然だろうな」

それからしばらく、志喜屋は考え込んでいた。

石神は何も言わず、食事を続けた。急にステーキが味気なくなったような気がする。志喜屋は、石神に対してあからさまな反感を見せなくなりつつある。それがかえって気になった。

警察が自殺と判断した事件をほじくり返しに来た探偵だ。気に入らなくて当然だ。だが、志喜屋の態度に迷いが感じられる。

彼はいったい何をしたいのだろう。それが気になる。

また、唐突に麻由美が言った。

「二人は同じことを知ろうとしている。なのに、二人とも互いに疑いを持っている」

石神は思わず麻由美を見ていた。

志喜屋も同様だった。

麻由美はさらに言った。

「世の中の仕組みだとか、立場だとかに惑わされているだけだよ。もっと素直になればいいのに……」

志喜屋が石神に視線を移すのがわかった。

「正直にこたえてくれ」

志喜屋は言った。「本当に仲里教授が自殺したということに疑問を持っているのか？」

石神は、どうこたえようか迷った。志喜屋は県警の島袋課長の部下だ。そして、石神たちの監視役だと思っていた。

だが、今朝あたりから彼の態度はたしかに妙だった。そして、麻由美は、互いに信じろという。彼女の言うことは無視できないような気がした。

たかが小娘の言うこと……。

どうしてもそう思うことができない。彼女の言葉には説得力がある。

石神は本音を語る覚悟を決めた。それで損をすることはない。万が一、志喜屋が石神たちを妨害しようとしても、それを出し抜くことはできるはずだ。

「依頼を受けた当初は、自殺に違いないと思っていた。報道された事柄だけを見ていたんでな。だが、いろいろな人の話を聞くうちに、印象が変わってきた。そして、沖縄に来てみて、怪しいと思いはじめたよ。なにかきな臭い感じがする。だが……」

石神は、小さく溜め息をついた。「具体的には何もわかっていない。今のところ、仲里教授が死ぬ理由は自殺以外には考えられない」

「でも……」

明智が口をはさんだ。「仲里教授の自殺の理由自体もわからなくなってきているじゃないですか」

志喜屋が明智に言った。

「どういうことだ？」

明智は石神の顔を見た。石神はうなずいて明智にこたえさせることにした。明智は志喜屋に言った。

「仲里教授の遺体が発見されたのは、捏造疑惑の現場となった宜名真の海底鍾乳洞のそばです。教授は、捏造疑惑があった後も、あそこの研究調査を続けていたんです。これって、変でしょう」

「変……？」

「そうです。助手だった知念さんによれば、仲里教授は、研究一筋の人で、捏造疑惑のことなんて、気にしていなかったのかもしれないと言いました。あるいは、捏造疑惑と戦おうとしていたのかもしれないと……。そうなら、自殺する理由はなくなるでしょう？」

「だが……」

志喜屋が苦しげに言った。「教授は自殺した。それは事実だ」

「本当に事実なのか……」

石神は言った。「俺はそれを知りたいんだ」

志喜屋はしばらく、石神を見つめていた。何かを確かめようとしているようだ。石神も眼をそらさなかった。

志喜屋の眼の奥でかすかに感情の光が見えた。今までには見られなかった感情だ。少なくとも憎しみや反感ではなかった。

「あんたが言ったことを、信じていいんだな？」

志喜屋は、声を落とした。

石神はうなずいた。

「言っただろう。俺は嘘は言っていない。彼女の言うとおりに、本音をしゃべった」

「ならば……」

志喜屋は、言った。「あんたは、俺の味方ということになる」

「味方……？　それはどういう意味だ」

志喜屋は、さらに身を乗り出し声を落とした。

「あんたは島袋課長に会いに来た」

「ああ。警視庁の人間から紹介されたんだ。何かつてがほしいと思っていたし、いちおう沖縄県警に挨拶を入れておいたほうがいいと思ったんでな」

「だから、俺はあんたが、島袋課長の側の人間だと思ったんだ」

志喜屋の言いたいことがわかってきた。

「仲里教授の死が自殺だったと断定したのは、島袋課長だったのか?」

「そうだ。捜査の責任者だった。そして、課長が最終的な決定を下した」

「そして、あんたはその決定に疑問を持っていた……」

「そういうことだ」

「だが、一度下された決定は覆すことはできない。あんたの中にわだかまりが残った。そこに俺たちがやってきた」

「そういうことだ。どうせ、課長から適当なことを聞き出し、納得して帰っていくのだと思った。それが腹立たしかった」

「あんたが言いたいことはわかった。だが、俺としては警戒心を解くわけにはいかない。あんたは、あくまで県警の人間であり、島袋課長の部下だ。俺はあんたが、俺たちの監視役なんだと思っている」

「島袋課長はそのつもりで、俺を付けたんだろう」

「あんたが、仲里教授の死に疑問を持っているということを、島袋課長は知らないのか?」

「知らない。そのへんはうまく立ち回っている。もっとも、知っていたとしても気にするような人間じゃない。彼は誰もが自分の言いなりになると思っている。そういうタイプだ」

石神は、戸惑った。

志喜屋の言うことを百パーセント信じていいものだろうか。こちらに取り入り、聞き出したことを島袋課長に報告するということもあり得る。

だが、たしかに今朝あたりから志喜屋の態度は変わった。

不意に石神は麻由美に尋ねてみたくなった。

「この人のことを信じていいと思うか?」

麻由美は即座にうなずいた。

「最初から言っているでしょう。この人は正直だって」

その一言が後押しした。

「わかった」

石神は言った。「実のところ、あんたが味方になってくれると、心強い。俺には時間が限られているし、調査にも限界がある」

「俺も味方がほしかった」

志喜屋は言った。「沖縄県警の中の人間は信用するわけにはいかない。どこで島袋課長に洩れるかわからない」

「俺は何の権限もないただの私立探偵だ」

「誰もいないよりましだよ」

石神は、はじめてほほえみを浮かべる気になった。

「あんたが、仲里教授の死に疑問を持った理由は何だ?」

「そっちがわかったことを先に話してくれ」

石神は、小さく肩をすくめた。

もう一杯ビールが飲みたくなり、注文した。

「先にこっちの手札をさらせというのか?」

志喜屋は、顔をしかめた。

「おい、味方だと言ったばかりだろう」

「警察はいつも一方的に情報をほしがる。そういうのにうんざりしてるんだ」

「あんただって、警察官だったんだろう?」

「だからやめたんだ」

「心配するな。実をいうと、こっちも頭の中の整理がついていない。はっきりした証拠があるわけじゃない。だから、そっちの情報とこっちの頭の中を照らし合わせてみたいんだ」

石神は考えた。今のところ、石神と志喜屋の立場は五分といったところのようだ。

「いいだろう。こっちも確かなことをつかんでいるわけじゃない。だが、いくつかひっかかる点がある。第一には、さっきこの明智が言った点だ。仲里教授は、捏造疑惑が報道されたにもかかわらず、その現場となった宜名真の海底鍾乳洞の調査を続けていた。これはひっかかる」

「なるほど……」

志喜屋はうなずいた。「その点は、県警では話題にならなかったな……」

「それについて、助手だった知念は、仲里教授が研究一筋の人だったからだと言ったが、それが気になってきた」

「どういうことだ？」

「知念が言う仲里教授の人柄と、外で聞く仲里教授の印象が食い違う」

「外で聞く仲里教授の印象？　どこで聞いたんだ？」

「捏造疑惑をスクープしたデイリー南西に行ってきた。デイリー南西のデスクをやっている山本という男は、仲里教授のことを、なかなかの野心家だと言っていた」

石神はちらりと麻由美の顔を見た。麻由美が何か言いたいのではないかと思った。なにしろ、彼女の父親の話題なのだ。

だが、麻由美はあいかわらず黙っていた。

「デイリー南西の山本か……」

志喜屋は苦笑を浮かべた。

「知っているのか？」

「ああ。もちろん知っている。あいつは、いちおうサツ回りなんかもやっていたからな。一人前の口をきくが、たいしたやつじゃない。自分をいかに立派に見せるかに腐心しているような男だ」

「だが、仲里教授について語ったことは、嘘ではないような気がする。教授は、基地の返還運動などにも関わっていたと言っていた」

「それは俺も知っている」

「俺は、調査に入った当初、研究熱心でロマンチストの学者だというイメージを持っていた。それは、実は依頼主が抱いていたイメージだったのかもしれない。無意識のうちに影響を受けていたんだな。そして、知念もそれを助長するような言い方をした。だが、デイリー南西の山本の話ではそうではなかった」

石神が言うと、志喜屋はしばらく考えたのちに言った。

「俺が知っている仲里教授のイメージは、どちらかというと山本が言ったのに近いだろうな」

志喜屋は、石神だけを見ていた。そこに麻由美がいることを、ことさらに考えないようにしているようだった。

石神は麻由美を見た。

「俺は、あんたがお父さんのことをどう考えていたのか聞いてみたい。誰よりも、仲里教授のことを知っているのはあんただろうからな」

麻由美は、石神を見据えていた。まるで怒っているような眼差しだ。父親のことを訊かれるのが嫌なのかもしれないと思った。

大人たちの無神経な会話に腹を立てているのかもしれない。だが、石神は彼女と観光旅行に来たわけではない。

志喜屋と明智も麻由美に注目していた。だが、彼女はまったくたじろいだ様子を見せなかった。厳しい眼差しを石神に向けたまま、彼女は、口を開いた。

「父さんは、知念さんが言っていたような人じゃない。そう。野心家で自分のために何でも利用しようとする人だった」

石神は、そのこたえのほうが納得できると感じた。

「では、大学での出世なんかにも熱心だったのかな?」

「詳しくは知らない」

麻由美の眼差しはあいかわらず厳しい。怒りが見て取れる。何に対する怒りかはわからない。「でも、当然そういうことを考える人だったと思う」

「知念は、佐久川に副学長候補の対抗馬はいないと言っていた」

「それは嘘よ」

麻由美はきっぱりと言った。

「嘘？」

「父さんなら、きっと副学長の座を狙っていたと思う。偉くなりたかったんだよ。そして、そのためになら、誰でも、どんなことでも利用しようとしたでしょうね。知念さんは嘘を言っていた。あたしにはそれがわかった」

石神はうなずいた。

麻由美は、知念に冷淡だった。彼女は彼が嘘をついていることが気に入らなかったに違いない。

「……となると、佐久川と仲里教授の出世争いという構図も浮かび上がってくる」

「何だ？　副学長の座を巡って二人はしのぎを削っていたということか？」

「その可能性が出てきた」

石神が言うと、志喜屋はかぶりを振った。

「そのために、佐久川が仲里教授を消したというのか？　それは考えられないな。たかが出世争いで人を殺すなんて、あまりに割に合わない」

「そう。たしかに殺人は割に合わない。だが、捏造疑惑をでっちあげるくらいのことはやるかもしれない」

志喜屋は、片方の眉を吊り上げて石神を見た。否定できないと思ったようだ。彼は黙っていた。

さらに石神は言った。

「佐久川という教授は、デイリー南西とつながりがある。しょっちゅうデイリー南西に寄稿しているようだ。それだけじゃない。佐久川は大里和磨と幼なじみらしい。大里和磨はデイリー南西の株主の一人らしい」

志喜屋の表情が固くなった。

「大里和磨か……」

「俺が今何を考えていたか言おうか？」

「言わなくてもわかる。大里和磨なら県警の捜査に圧力をかけるくらいのことはできると言いたいんだろう」

「警察は、政治家の圧力に弱い。それに、さっき、あんたは、仲里教授の死が自殺だったと判断したのは、島袋課長だと言ったな？　俺はそれも不自然だと思う。変死体の死因を判別するくらいのことは、通常なら所轄署がやることだ」

志喜屋はうなずいた。

「普通ならそうだ。だが、仲里教授は有名人だったので、県警が捜査に乗り出したと、俺は聞いた」

「理由はいくらでもつけられる」

志喜屋は、低くうなった。

「大里和磨は、沖縄では大きな力を持っている。沖縄はもともと革新勢力が強いところだが、このところ急速に与党などの保守勢力が力を伸ばしている。その中心にいるのが大里和磨だ。そして……」

志喜屋はそこで一つ息をついた。「そして、県警の上層部は、大里一派だと言っていい」

「俺の印象だと……」

石神は、頭の中で、ジグソーパズルのピースをあれこれ並べ換えながら言った。「捏造疑惑と仲里教授の死は直接は結びつかない。その二つの出来事の間に、いくつかの段階というか、いくつかの要素が絡み合っているような気がする」

第一機動隊の元橋が、沖縄に来る前に、石神に釘を刺したのを思い出した。あれこれ嗅ぎ回ると沖縄県警に迷惑がかかる。彼はそんな意味のことを言った。あるいは、島袋課長から何か聞いていたのかもしれない。

「わからないのは……」

志喜屋が言った。「あんたが、宜名真の海底鍾乳洞に潜ると言いだしたことだった。本当に洞窟に潜って何かがわかると思ったのか?」

「それはまた、別の問題だ」

石神は言った。

「別の問題?」

「俺は、仲里教授の研究内容そのものについても調べる必要があった。依頼内容の一環だと思ったからだ。だが、そこで出会ったダイバーから、また新たな事実がわかった」

「運がよかったな」

「いや、運じゃない。捜査というのはそういうものだ。金脈があるんだ」

志喜屋は薄笑いを浮かべた。

「今のは、探偵の言い方じゃないな。刑事の台詞だ」

石神は、言った。

「とにかく、さっきも言ったが、俺には時間的な制約がある。いつまでも沖縄にいるわけにはいかない。そして、俺の体は一つだ。調査できる範囲も限られている」

志喜屋は、しばらく考えてから言った。

「いいだろう。背景については俺が調べる。デイリー南西、琉央大学、そして大里和磨……。どこまで手が届くかわからんが、つつけば何か出てくるだろう。調書の類も洗い直してみる。それと、ダイバーの事故死の件だな……」

「用心してくれ。島袋課長に知られると面倒なことになる」

「誰に言ってるんだ」

石神たちは食事を終え、志喜屋の車でホテルに引き上げた。

別れ際に志喜屋が尋ねた。

「明日はどうする？」

石神がこたえた。

「あんたは、俺たちを監視していることにしておいて、独自に捜査してくれ。夕方に連絡を取り合おう」

「わかった」

志喜屋の車は走り去った。

ロビーに入ったところで、石神は麻由美に言った。

「あんたのおかげで、志喜屋が味方だってことがわかった」

麻由美は何も言わない。

「あんたに言われなきゃ、ずっと彼を疑っていたかもしれない」

本音だった。たしかに、麻由美の一言が大きな進展をもたらした。彼女の言葉は、なぜか信じる気になる。

石神は、それを一言、言っておきたかった。

＊

明智を誘って石神の部屋で明日の打ち合わせをすることになった。二人で缶ビールを飲みはじめると、ドアをノックする音が聞こえた。

石神が返事をすると、ドアの向こうから麻由美の声がした。

「あたしよ」

石神はドアを開けた。麻由美はまっすぐに石神を見ていた。やはり、かすかに怒りのような色が見て取れる。

「どうした？」

「話しておきたいことがある」

「そうか。まあ、入れ」

麻由美は、部屋に入りドアを閉めると戸口に立っていた。

「そんなところに突っ立ってないで、こっちへ来て座ったらどうだ？」

麻由美は部屋の中に入ってきた。明智がソファを譲り、ベッドに腰かけた。石神は麻由美と向かい合ってソファに座った。

部屋の中はほの暗い間接照明だ。それが、麻由美の美しさを際だたせている。

「俺たちはビールを飲んでいた。あんたも飲むか?」

「未成年だよ」

「俺は堅いことは言わない」

麻由美は首を横に振った。

「話というのは何だ?」

「父さんのこと」

「どんなことだ?」

「ちゃんと話しておきたくなった」

石神は無言でうなずいた。

明智は、離れた場所で息をひそめるようにして話を聞いている。

「さっき言っただけじゃ、言葉が足りなかった」

「仲里教授が野心家だったってことか?」

「そんな言葉じゃ足りない。父さんは、とにかく、偉く有名になりたいと思っていた。何でも思い通りにならないと、腹を立てるような人だった」

まるで告白するような口調だった。

「留守にするときには、必ず毎日電話をくれるような優しい一面だってあったんだろう？」

「毎日電話をかけてきたのは、あたしを監視するためだよ。そして、あれこれ用事を言いつけるため」

石神は、言葉を呑み込んだ。何と言っていいかわからない。黙って話を聞くことにした。

「父さんは、あたしが父さんだけに話した夢の内容まで利用したんだよ。あたしは、それで傷ついた。あれは、父さんとあたしだけの大切な秘密だと思っていた」

石神は驚いた。

ユタの血を引く娘が見る夢。それは、彼の著書に独特のロマンチシズムを与えていると、園田圭介が言っていた。

石神は、てっきりそのことを麻由美が誇らしく思っているのではないかと思った。

「父さんはそういう人だった。自分のためなら、娘との秘密だって利用する人だった。大学でもそうだったはず。決して知念さんが言っていたような人じゃない」

「デイリー南西の山本は、仲里教授は中央志向の人で、マスコミで名を売りたがっていたと言っていたが……」

「そういう一面もあった。テレビの仕事があれば最優先していた」

それは、山本の話と一致する。

「あたしは、そんな父さんが大嫌いだった」

その言葉は、石神を少々驚かせた。

「父さんは死んじゃった。あたしは父さんが嫌いなままだった。それが、悔しくて……。好きな人が死んだのなら、ただ悲しんでいればいい。それはとっても悲しいだろうけど、きっと立ち直れる。だけど、嫌いなまま死なれたらどうしたらいいの？　昔は父さんのこと、好きだった。今は嫌いだけど、いつかはまたもとのように好きになれるかもしれない。父さんが年を取って、あたしがもっと大人になれば、父さんのこと理解できて……。でも、それを待たずに父さんは死んじゃったんだ。あたし、死ぬ前に父さんを好きになっておきたかった。だから、悔しくて……。どうしていいかわからなかった」

突然、麻由美の目から大粒の涙がぽろぽろとこぼれた。それでも、彼女は眼をしっかりと石神のほうに向けていた。

その態度に、石神は感動すら覚えた。

彼女は、ただ悲しみに暮れていただけではない。彼女の奥底にある怒りのようなものの正体がようやくわかったような気がした。

彼女は、自分自身に怒りを感じていたのだ。やりどころのない怒りだ。

石神は、立ち上がりティッシュの箱を持ってきてやった。

麻由美は、鼻をかむと、また語りはじめた。

「あたしが嫌いだった父さんのことを尊敬していると言った園田君のことが信じられなかった。そして、悔しかった。あたしが好きになれなかったのに、彼はあたしの父さんを好きだった……」

そこで、麻由美の言葉はとぎれた。

石神は言った。

「よく話してくれたな」

「あなたは、父さんが死んでから出会った人たちの中で、初めてちゃんと話を聞いてくれようとした」

「園田圭介が尊敬していた仲里教授もあんたの父さんも同じ人物だ」

「でも、もう父さんはいない」

「これからだって好きになれる。遅くはない。本当のことから眼をそらさないことだ。調べていけば、きっと仲里教授のことがもっとよくわかってくる」

麻由美はティッシュを引き抜き、涙を拭った。

「俺はその手伝いをする。だから、君も協力してくれ」

麻由美は、もう一枚ティッシュを取ってさらに涙をふいた。それから眼を上げて言った。

「そのつもりだよ。これからどうするの?」

「一番弱いところから攻めていく」

「一番弱いところ?」

「そうだ」

石神はうなずいて言った。「知念だ」

17

朝、知念に電話すると、午前十一時過ぎならば、三十分ほど会えると言った。石神は、麻由美と二人でタクシーを使い、琉央大学に向かった。

明智には、石板のことを調べるように言った。山本が確認したという石板の出所が何かの手がかりになるだろう。

前回来たときに会った守衛は、石神と麻由美のことを覚えていた。石神のことを覚えていたわけではなさそうだ。麻由美のような美少女と中年男の組み合わせが印象的だったのだろう。

知念の研究室を訪ねた。以前は、仲里教授の研究室だった部屋だ。

知念は、チェックのシャツに紺色のブレザーを着ていた。あいかわらず年齢不詳の印象がある。若々しさを強調しているせいだろう。

「やあ、先日はどうも……」

知念は、笑顔で言った。「それで、今日は……？」

「昨日、玉城というダイバーに会いました」

石神が言うと、知念の顔から笑顔が消えた。

「何のために……」

「海底鍾乳洞を案内してもらったんです」

「潜ったのですか？」

知念は驚きの表情だった。

「ええ。潜ってみました。この眼で見て、あの洞窟がはるか昔は、地上にあったということが実感できました。立派な鍾乳洞です」

知念はうなずいた。

「そう。地質学的に見て、一万年ほど昔に海中に沈んだと、私たちは考えています」

「あなたは、仲里教授の学説を信じていたのですね？」

知念はきょとんとした顔をした。

「もちろん信じていましたよ」

「ムー大陸が沖縄だったという説も？」

「あれは、学説といえるようなものじゃありません。仲里先生は、あくまで地質学者なのです。ムー大陸云々というのは、正規の研究から派生した、いわば趣味のようなものですね」

「趣味……？」

「ええ。言葉は悪いですが、正式に学会で発表したわけではありませんからね。論文を書いたわけでもない。ただ、出版社に持ちかけて本を一冊出しただけです」

「では、ムー大陸云々についての言い分については佐久川教授のほうに分があると考えているわけですね？」

知念は、麻由美のほうをちらりと見た。

麻由美がそれに気づいたように言った。

「あたしのことは気にしないで。あたしだって、本当のことを知りたいんだから」

知念は、少しばかりきまりの悪そうな顔をして、眼を石神に戻した。

「正直に言うとあなたのおっしゃるとおりですよ。歴史のことは歴史学者に任せておけばいい。佐久川先生は考古学者ですからね」

「なるほど……」

石神は言った。「佐久川教授は、学内でも力のある方ですしね」

知念は、むっとした顔をした。

「何が言いたいのです？　はっきり言ってください」

「仲里教授に付くより、佐久川教授に付いたほうがご自分の将来のためになる。そう考えても不思議はないですよね」

「ばかな……」

知念は、相手にできないというように眼をそらした。石神は、ここで一押しすれば相手はボロを出すと思った。

「仲里教授は、自分勝手な方だった。自分の名を売るためなら、何でも利用するような人だった。それよりも面倒見のいい佐久川教授の側についたほうがいい」

「下司《げす》の勘ぐりというやつだな」

「事実、あなたは、こうして仲里教授の研究室を受け継いだ」

「あたりまえだろう。僕は先生の助手をやっていたんだ」

「それにしても出世が早い。実力者の働きかけがあったと考えるのも当然だろう。その実力者というのは、おそらく佐久川教授だと、俺は考えている。俺と彼女がここを訪ねたとき、あんたは真っ先に佐久川教授に連絡した」

「それは……」

何か言い訳を考えているように見える。その間を与えずに、石神は言った。

「俺は別にあんたの出世のことを責めているわけじゃない。本当のことが知りたいだけだ。俺は、仲里教授は自殺したのではないと考えている。現場の様子を見たり、聞き込みをすすめるうちにそう実感するようになった」

「だからなんだというんだ」

「あんたは、教授が死んだときにもっとも近くにいた一人だ。あんたは本当のことを知っているのではないかと、俺は思っている」

「僕は何も知らないと言っただろう。先生が死んだ日は、疲れてぐっすりと眠っていた。先生が出かけたことすら知らなかった」

「だが、それを誰も証明してくれない。そうだろう?」

「あんたは、僕が先生を殺したとでも言いたいのか?」

「そうじゃない。誰かが嘘をついている。そう感じているだけだ」

「僕は嘘などついていない。あの夜あんたたちに話したことは、全部本当だ」

「夕食をとりながら、俺たちに話したことはな……」

石神は言った。「だが、すべてのやつに本当のことを言ったかどうかは、俺にはわからない」

「何を言ってるんだ?」

「俺は、仲里教授の遺書のことを疑っている」

「遺書……?」

「そう。警察は、仲里教授が遺書めいた書き付けを残していたと言っていた。俺はそれがずっと気になっていた。仲里教授には、自殺する理由などない。それを教えてくれたのは、あんたなんだよ」

知念は、ちょっとだけ戸惑った顔をした。石神はそれを見逃さなかった。

「仲里教授は遺書など残していなかった。遺書のようなものはあんたが書いたんじゃないのか？　そして、あんたが、それを仲里教授の筆跡に間違いないと証言した。警察はそれで納得したわけだ。本来ならちゃんとした筆跡鑑定をやらなければならない。だが、警察はその手間を惜しんだ。……というより、ちゃんとした捜査をやりたがらなかった節がある。誰かから圧力がかかったのだろう。警察は政治家の圧力に弱い。特に地方の警察はな……。そこで、佐久川教授の交友関係が浮かび上がってくる。佐久川教授の幼なじみの一人に、衆議院議員の大里和磨がいる」

知念は怒りの表情だった。

「それがどうしたというんだ」

「大里和磨と佐久川教授はただ単に幼なじみだというだけじゃない。二人はデイリー南西でつながっている。大里和磨は、デイリー南西に出資している。佐久川教授は、デイリー南西に頻繁に寄稿している。そして、仲里教授の捏造疑惑をスクープしたのはデイリー南西だ」

知念は眼をそらし、しきりに何かを考えていた。石神は考えさせておくことにした。嘘をつけばそれだけ自分を追い込むことになる。

仲里麻由美は、そんな知念をじっと見つめている。石神は気づいた。彼女の眼差しから憎しみや怒りの色が消えている。彼女の眼は穏やかだった。石神は、それが気になった。

やがて、知念が言った。

「あんたの言うとおり、警察に先生の遺書のようなものがあると言ったのは僕だ」

「佐久川教授に言われてやったことなのか？」

「それは違う。僕は本当に、あのとき先生のノートの走り書きを見て、それが遺書だと思ってしまったんだ」

「何が書いてあったんだ？」

「『疲れている。むちゃをしている。死んでもおかしくはない』。そう書いてあったんだ。そして、仲里先生は断崖の下で死んで発見された。誰だって遺書だと思うだろう」

石神は考え込んだ。その点に関しては、知念は嘘をついてはいないようだ。

「あんたの一言で、警察は自殺であるという考えを固めたようだ。あとは、おざなりの捜査しかしなかった」

「僕の責任じゃない」

「そう。あんたは、仲里教授の死には関わりはないかもしれない。だが、捏造事件には関係があるんじゃないのか？」

「僕にどんな関係があるというんだ？」

「佐久川教授と謀って捏造疑惑をでっち上げたとか……」

「なんでそんなことを……」

「仲里教授を殺した人物をかばおうとしているのかもしれない」

知念は苛立たしげにかぶりを振った。

「僕は誰もかばおうとなんてしていない」

「玉城というダイバーは、石板のことなんて知らないと言っていた。……ということは、捏造疑惑をデイリー南西に密告したのは、もう一人の死んだダイバーだということになる。そのダイバーは、事故死だったということだが、ひょっとして仲里教授を殺した何者かによって口封じに殺されたということもありうる」

知念はまたぽかんとした顔になった。

「そんなことはあり得ない。不可能じゃないか」

「なぜ不可能なんだ？」

「ダイバーが死んだのは、仲里教授が死ぬ前だ」

石神は虚を衝かれた気分だった。

「だが、あんたは言ったじゃないか。仲里教授が死んだときも、ダイバーは二人いたって……」

「ダイバーは二人いた。だが、捏造が取り沙汰されたときのダイバーの一人は事故で死んだ。だから、別のダイバーを雇わなければならなかった」

「ならば……」

石神は考えた。「死んだダイバーは、捏造事件の口封じに……」

「いい加減にしてくれ」

知念は言った。「なんで捏造疑惑ごときの口封じで人が殺されなければならないんだ」

知念の言い分のほうが正しい。なんだか、こちらの分が悪くなってきた。

石神が黙っていると、知念が言った。

「玉城といっしょに潜ったと言っただろう。当然、死んだダイバーのことは知っていると思っていた」

「ダイバーが一人死んでいると教えてくれたのも玉城だった」

「そう。死んだダイバーも玉城という」

「何だって?」

「あんたが一緒に潜ったのは玉城兄弟の兄のほうの洋一だ。死んだのは、弟の沖次。二人は頼りになるダイバーだった」

「兄弟だって……」

石神は、なんだか思惑と違った方向に話が動いているような気がしてきた。

何事も予断は禁物ということか。あるいは、事実は思ったより複雑だということだ。

「とにかく……」

知念は言った。「僕は、知っていることは話した。いろいろと不愉快なことを言ってくれたが、その点については目をつむってやる。だから、すぐにここから出ていってくれ」

「約束は三十分間だ。まだ少し時間はある」

「僕はもうあんたと話をする気はない」

「俺の勘違いで失礼なことを言ったかもしれない。そのことについては謝る。だが、あんたしか知らないことがいろいろとありそうだ」

知念は、憤然としていたが、もう一度「出て行け」とは言わなかった。

石神は質問した。

「俺たちと食事をしたときに、副学長候補の話になった。あんたは、言った。仲里教授は研究一筋の人だから、学内の出世争いには関心がなかった。だから、佐久川の対抗馬ではなかった……。だが、娘さんに言わせると、仲里教授はそんな人ではなかったという。どういうことだろうな……?」

「たしかに、仲里先生は野心家だった。学部長や副学長の椅子を狙っていたかもしれない。でも、そんなことを言って何になる？　あんたのような人が余計な勘ぐりをするだけじゃないか。それに、麻由美ちゃんの前ではそういう話はしづらかった」

「なるほどな……」

石神は拍子抜けしたような気分だった。「副学長の対抗馬を蹴落とすために、佐久川教授が捏造事件をでっち上げたということはないか？」

「あんたには、常識ってもんがあるのか？　そんなことをしてまで副学長になろうなんて人はいないよ。大学の副学長なんて、ただ忙しいだけで、社会的にはたいした立場じゃない」

「じゃあ、どうして佐久川教授は副学長になりたがるんだ？」

「出世欲だけじゃない。あの人は、琉央大学をよくしようと考えている。今、地方の私立大学はたいへんなんだ。学生が減り、軒並み経営難だ。それをなんとかしようとしているんだ。佐久川先生は仲里先生の知名度も大学のためになると考えていた。仲里先生を邪魔者だなんて決して思っていなかった。仲里先生があんなことになって、佐久川先生は本心から残念がっていたんだ」

「俺たちがこの間ここを訪ねたとき、佐久川教授にすぐ連絡したのはなぜだ？」

「佐久川先生は、仲里先生のご遺族のその後についてとても気にしてらした。娘さんが訪ねてきたのだから、連絡して当然だろう」

何だか雲行きが怪しくなってきた。石神の旗色が悪くなってしまった。

「どうやら、佐久川教授というのは、なかなかの人物のようだな……」

「見かけで損をするタイプだがな。仲里先生とは違う。正直に言うと佐久川先生のほうが人望はずっとあった」

知念は、またちらりと麻由美のほうを見た。麻由美は前回とは違って穏やかな眼差しで知念を見ていた。

知念は、さらに言った。

「だけど、だからといって僕が仲里先生を尊敬していなかったわけじゃない。仲里先生は立派な学者だった。研究熱心だったし、豊かな発想を持っていた」

麻由美が言った。

「人に好かれる人じゃなかった」

「たしかに人に好かれるかどうかなんて気にする人じゃなかった。でも、僕は尊敬していた」

「あたしは嫌いだった」

「親子なんてそんなもんだと思うよ」

知念は言った。「でも、先生はいつも麻由美ちゃんのことを自慢していた」

麻由美はしばらく黙っていた。石神は言葉をはさまないことにした。

やがて、麻由美は言った。

「正直に話してくれてありがとう」

「ああ。できれば先生の悪口のようなことは言いたくなかったがな……」

知念が恨みがましい眼で石神を見た。石神はさらに質問した。

「ダイバーの事故死についてどう思う?」

「玉城の弟のことか? うちの現場で死んだわけじゃないから、何もわからんよ」

「弟が死んだあとも、玉城の兄……洋一だっけ? 彼はあんたたちの調査に加わったんだな?」

「玉城たちはあの洞窟については詳しかった。何度も潜っているからな。だから、なんとか僕が頼み込んだ」

「頼み込んだ?」

「そう。当初は嫌だと言っていたんだ。弟が事故で死んだ直後だったしな……。実をいうと、その……、仲里先生と玉城はあまりうまくいっていなかった」

「どういうことだ?」

「相当こき使ったからな。二人ともかなり無理をしていた。それについて、玉城の兄のほうは何度か苦情を言っていた。予算が限られていたので、ギャランティーも満足ではなかったはずだ」

「そのことを、警察には話したか？」

「何で話さなきゃならない？」

知念は言った。「訊かれもしないことを……」

石神はうなずいた。約束の三十分が過ぎていた。

＊

石神は、その足で佐久川教授の研究室を探し、ノックした。中からくぐもった声で返事がある。

石神はドアを開けた。中はやはり書物で一杯だった。奥の小さな机に佐久川が向かっていた。イメージとはかなり違う。大きな机でふんぞり返っているタイプだと思っていた。

実際は、小さなスチールデスクでしかなかった。脇に、カマキリのような照屋宏がいた。

「君は、探偵だったな？」

佐久川教授が言った。

「はい。予約もなしに突然お訪ねして申し訳ありません」

「かまわんよ。何だね？」

「先日は、少々失礼な態度だったので、謝りに来ました」

「気にしておらんよ」

佐久川教授は、麻由美を見た。「お嬢さん。困ったことがあったら、いつでも私に言ってくれ。できるだけのことをする。こないだは、それを言いそびれた」

「ちょっと、お時間ありますか？」

「十分ほどならな」

石神は麻由美とともに書物だらけの部屋に入り、ドアを閉めた。

「衆議院議員の大里和磨さんとは幼なじみだそうですね」

佐久川は、どこか自慢げな笑いを浮かべた。

「ああ。悪友だった」

「大里議員は、デイリー南西の大株主だそうですね」

「それは正確ではないな。もともと大里が経営していた会社がデイリー南西の株の過半数を取得した。大里が国会議員になったのは、その後のことだ。大里は今会社を辞めているから、大里が株主なわけではない」

「しかし、デイリー南西に対して発言力はあるでしょう？」

「デイリー南西が尻尾を振っているだけのことだ。まあ、そのおかげで、私は原稿料を稼がせてもらっているがな……」

「大里さんの紹介なんですか？」

「少しはまともな新聞にしてやってくれと言われた。しかし、あいかわらずスキャンダルばかり追っかけている。よりによって、わが琉央大学の教授の捏造疑惑をスクープするなど……」

佐久川は苦い顔になった。

「では、あの捏造疑惑の記事を迷惑に思っていたということですか？」

「あたりまえだろう。大学のスキャンダルだよ。あのあと、大学がどれくらい苦労したか……」

「大里議員とは最近も会われていますか？」

「ああ。国会議員は、会期中以外は頻繁に地元に足を運ぶからな……。明日も会う予定がある。彼の講演会があり、その後、パーティーがある」

「パーティー……。政治家のパーティーがどんなものか、一度見てみたいものですね」

「魂胆はわかっている」

「魂胆？」

「君は仲里君の死について調べているんだろう？　デイリー南西と私は親しいし、大里はさらにデイリー南西とつながりが深い。そのデイリー南西が仲里君の捏造疑惑をスクープした。私が大里の力を借りて、何か画策したのではないかと考えているのだろう」

「実は、そんなことを考えていました。でも、今では、わからなくなったのです。警察には何かの圧力がかかっていた。有力な政治家の圧力だと考えるのが普通でしょう」

「面白い」

「面白い……？」

「それを、直接大里に話してみるがいい。明日、七時に会場のホテルに来るといい。私の名前で君の分のパーティー券を取っておくよ」

そのつもりだった。

だが、大学を出る頃には、石神の頭の中は少々混乱していた。筋が立たなくなっている。志喜屋が何かをつかんでいるかもしれない。そう期待するしかなかった。

18

夕食には、志喜屋が行きつけのシーフードレストランに行った。値段が安くボリュームがあるという。

志喜屋は例によって一番奥の壁際の席を選んだ。他人に聞かれず話ができる。

注文は志喜屋に任せた。でかいロブスターや、ソフトシェルクラブなどをどっかと頼み、それを手でちぎって頬張った。

石神は、知念と話した内容を伝え、佐久川と面会したことも話した。

「……それで俺は、わからなくなった。俺が読んでいた筋はこうだ。大学の出世争いが動機で、佐久川と知念が手を組み、捏造疑惑をでっち上げた。佐久川は、普段から付き合いのあるデイリー南西にそれをスクープさせた。だが、仲里教授はいっこうにそれを気にした様子はない。そればかりか、仲里教授は、捏造疑惑が佐久川たちの陰謀だと気づき、反撃に出ようとした。そこで佐久川は、仲里教授の口を封じなければならなくなった。小さな犯罪が次に大きな犯罪を生むことは珍しくない。そして、それをもみ消すために、幼なじみの大里議員を使った……」

志喜屋は、クルミ割りのようなはさみでロブスターの爪を割り、中の肉を頬張った。

「わかりやすい筋書きだが、単純過ぎるな」

「事件てのは、意外に単純なものだ」

「あんたが言ったんだぜ。捏造事件と仲里教授の死の間には段階があるって」

「そう思う。だが、それが何かわからない。だいたい、ダイバーのことをもっと詳しく教えてくれれば、知念の前で恥をかかなくて済んだんだ」

「本人に会ったんだろう？　当然知ってるものと思っていたんだよ」

「死んだのが弟だったとはな……」

「その事故死の件を調べた。怪しい点はなかったよ。不幸な事故だった。護岸工事をしていて、コンクリートの固まりの下敷きになったんだ。ただ、関係者の話によると、玉城沖次は多少無理なスケジュールで潜っていたらしい。通常のペースを守っていたら、死なずに済んだかもしれないと言っていたやつもいる」

「コンクリートの下敷きじゃ、防ぎようがないだろう」

「判断力を欠いていたのかもしれないと言っていた。コンディションがよければ、すぐに異変に気づいて逃げ出せたかもしれないと仲間のダイバーは言っていた」

「いずれにしろ、謀殺の線はなしか……」

「大里議員とデイリー南西のつながりも、佐久川があんたに言ったとおりだったよ。デイリー南西と大里議員は、いちおう形の上では切れている」

「誰かが嘘をついている。それは確かだ。だが、それが誰なのかがわからない」

石神が言うと、志喜屋は肩をすくめた。

「知念や佐久川かもしれない。そうなれば、あんたの立てた筋も間違いじゃないということになる」

「いや……」

石神は、麻由美を見た。

麻由美が志喜屋に言った。

「知念さんも、佐久川さんも嘘は言っていません」

志喜屋は、石神に言った。

「不思議だな。このお嬢さんにそう言われると、信じざるを得ない気分になってくる」

「気分じゃない」

石神は言った。「それ以上だよ」

「あの……」

明智は志喜屋に向かって言った。「警察は、捏造疑惑に使われた石板の出所を調べたのですか？」

「いや」

志喜屋はそっけなく言った。「ありゃ事件じゃない。警察はそんなことは調べちゃいないよ」

石神が明智に言った。

「あたりまえだろう。警察は仲里教授の変死について調べただけだ」

「石板は、沖縄のロゼッタストーンなんて呼ばれて、最近は注目されていますけど、しばらくの間は、考古学的な価値もわからないまま、博物館なんかに収蔵されていたんです。学術的な発掘で発見されたものじゃないので、資料として中途半端だったんですね」

「要点を言ってくれ」

「現在までに、石板は十三枚発見されており、そのうちの十二枚は、沖縄県立博物館や発見された町の教育委員会などが収蔵しています。内訳を聞きたいですか？」

「調べたんだろう？　教えてくれよ」

「まず、最初に発見されたのは昭和八年。それは熊本市立博物館に寄贈され、今でも保存されています。その他、四枚が沖縄県立博物館に収蔵されています。嘉手納《かでな》町教育委員会に一枚、読谷村《よみたんそん》教育委員会に二枚、沖縄県教育委員会で二枚、宜野湾《ぎのわん》市教育委員会で二枚、それぞれ保管されています」

「この人の頭はどうなってるんだ？」

メモも見ずにすらすらと報告する明智を見て、志喜屋が言った。石神はこたえた。

「記憶力が、彼の売り物でね……」

「十三枚のうち十二枚の所在がはっきりしている」

志喜屋が刑事の顔になって言った。「残りの一枚はどこにある？」

「戦災で失われたことになっています」

「それじゃあ、しょうがねえな」

志喜屋がコーラをがぶりと飲んだ。

明智が言った。

「図書館のインターネットで当たってみたら、妙な噂に出っくわしました」

「妙な噂？」

「失われた一枚は、米軍が保管しているというのです」

志喜屋の眼が急に鋭くなった。沖縄に住む人の特有の反応なのだろう。

「米軍だと……？　何のために……」

「基地のある土地の習俗を調査するためだと思います。とにかく、米軍というのは、戦後のGHQもそうでしたけど、いろいろなものをかっさらっていきましたよね。その中には、日本の古い祭祀《さいし》に関わるようなものもあったそうです。米軍は密かにそういう調査活動をやるものらしいですね。諜報活動の一環なのかもしれません」

「そいつが、捏造疑惑に使われた可能性があるということか？」

「どうでしょう？　実物を見たことがある人っているんですか？」

志喜屋は、石神の顔を見た。石神は言った。

「デイリー南西の山本は見たと言っていた。それを佐久川教授に確認してもらったと言っていたじゃないか」

「実物を佐久川教授に見てもらったとは一言も言っていません。確認してもらったと言っただけです」

「何が言いたいんだ？」

「つまりですね、山本も実物は見たことがないんじゃないでしょうか。ダイバーの人も石板のことなんて知らないと言ってました。山本は、米軍の誰かから写真か何かを提供してもらっただけなのかもしれない。佐久川教授が確認したのは、写真だけなのかもしれない」

「調べてみる価値はあるな」

志喜屋はそう言うと、携帯電話を取り出して誰かにかけた。おそらく県警にいる同僚か後輩だろう。佐久川の電話番号を調べさせている。ほどなくわかり、志喜屋は佐久川にかけた。

警察であることを名乗り、仲里教授の捏造疑惑に使われた石板について専門家のご意見をうかがいたいと言った。

「先生は実物を手に取ってご覧になりましたか？」

しばらく相手の話を聞いている。

「いや、参考になりました。ありがとうございました」

電話を切ると、志喜屋は言った。

「この若いのの言うとおりだ。教授は、山本から写真を見せられただけだそうだ。だが、石板のことはよく知っていたから写真でも問題はないと思ったそうだ」

「現存する石板は、すべて公共の場所に保管されている」

石神は言った。「考古学者なら、石板の所在を知っているはずだ。変に思わなかったのかな……」

「掘れば出てくる。そう思っていたのでしょう」

明智が言った。

「何だって？」

思わず石神が聞き返した。明智は、平然とこたえた。

「出土品なんてそんなものです。考古学者はそれを知っている。だから、変に思わなかったのでしょう」

志喜屋は、眉をひそめて何かを考えている。石神はふとその様子が気になった。

「何だ？　何か気になることでもあるのか？」

石神が尋ねると志喜屋は言った。

「デイリー南西の山本には、以前から妙な噂がある」

「妙な噂？」

「米軍の情報部に親しいやつがいるらしい」

「情報部？」

「ああ。将校でかなり偉いさんらしいが、あくまでも噂だ」

「それがデイリー南西を通して、大里和磨とつながっているということはないか？」

志喜屋は、上目遣いに石神を見た。

「つながっていたとしたら、どうなる？」

「そうだな……」

石神は、一度ばらばらにした頭の中のジグソーパズルのピースをもう一度、並べ替えてみた。

「佐久川教授と大里和磨の企みにその米軍情報部の将校が手を貸した。そしてデイリー南西を動かしたんだ」

「何のために？」

石神はそう尋ねられて考え込み、やがて言った。

「わからん。だが、石板の写真の出所は、その米軍の情報部将校だと考えていいんじゃないのか？」

「捏造事件はでっち上げだということがはっきりしてきたな」

「玉城も佐久川も、石板など見たことがなかったと言った。あたりまえだ。密告したダイバーもいなかったのかもしれない。それも架空の存在だった。玉城の弟が事故で死んだので、誰もが、彼が密告したのだと考えてしまった……」

志喜屋は思案顔で言った。

「その線は納得できるな……。だが、問題は、デイリー南西がどうして捏造疑惑をでっち上げたか、だ……」

「デイリー南西は、大里和磨に尻尾を振っていると、佐久川が言っていた。そして、大里と佐久川は幼なじみだ。かなり親しい間柄のようだ。捏造疑惑をでっち上げれば、佐久川が確実に琉央大学の副学長になれる」

「だが、大学の副学長なんて、忙しいだけでたいした得はないと知念が言っていたんだろう？」

志喜屋にそう言われて、石神は唸った。

そのとき、麻由美が言った。

「なんだか、難しく考えすぎているみたい」

三人の男が同時に彼女を見た。

石神は、彼女が自分から発言したことが意外だった。志喜屋や明智もそうなのだろう。だが、彼女は確実に変わりつつある。今は、初めて渋谷で会った麻由美ではない。

石神は彼女に尋ねた。

「難しく考えすぎている？　じゃあ、どう考えればいいんだ？」

「あたしにもわからない。でも、そんな気がする。もしかしたら、捏造事件と父さんの死は、直接関係ないかもしれない」

石神と志喜屋は顔を見合わせた。

彼女の言葉は示唆に富んでいる。たしかに、すべての要素をつなげて考えようとしていた。そこに無理があったのかもしれない。

「あの……」

明智がおずおずと言った。

「何だ?」

石神は話をうながした。

「これ、事件とは全然関係ないかもしれないけど、ちょっと気になったんで……」

「いいから言ってみろ」

「米軍情報部って聞いて、思い出したんですよ。ムー大陸と日本の関係って、意外と古いんです。昭和十七年に、『南洋諸島の古代文化』という本が出ているんです。著者はチャーチワードということになっています。訳したのは、仲木貞一という人物です。つまりムー大陸のことを日本に紹介した本です。昭和十七年といえば、第二次世界大戦のまっただ中です。そんな時期に、チャーチワードのムー大陸のことを書いた本が出版されているんです。変だと思いませんか?」

「そうかもしれんな……」

石神は明智が何を言おうとしているのか見当がつかない。

「でも、それには理由があったんです。日本の南方政策です。この『南洋諸島の古代文化』には、はっきりと、こう書いてあります。南太平洋の島々は、ムー大陸の名残であり、今その島々が大東亜共栄圏の一部として大日本帝国の指導をあおぐということになり、ムー大陸の研究はますます重要になってきた……」

石神は、思わずつぶやいた。

「大東亜共栄圏……」

「そうです。さらに、大正時代には、木村鷹太郎という人物が、祝詞《のりと》の中では、南太平洋の島々を示しているという説を発表しています。『敷きします島の八重島』という言葉はポリネシアを指しており、南太平洋の島々はもともと日本に属していると主張しています」

「なるほど……、戦争のまっただなかにムー大陸に関する本が出版された理由が何となくわかってきた。つまり、軍部の南方政策のプロパガンダに利用されたというわけだ」

「そうです。そして、ムー大陸が日本だったという説は、簡単にそうした考えと結びつきやすい……」

「何の話をしているんだ？」

志喜屋が尋ねた。

「そうか。あんたは、仲里教授が書いた本の内容を詳しく知らないんだったな。おい、明智、説明してやれ」

明智は、説明を始めた。

なかなか要領のいい説明だった。聞き終わると、志喜屋は言った。

「ムー大陸が沖縄だったかどうかは知らない。だけど、沖縄の人はみなニライ・カナイを信じている。海の向こうには神々が住んでいると考えているし、その神が島にやってくるのを感じることもできる」

石神は言った。

「あんたが、そんなロマンチストだとは思わなかったな……」

「ロマンチストなんじゃない。小さな頃からこの島に住んでいると、そう感じるんだ。与那国の海底にある巨大遺跡のことも、知っている。ムー大陸か何か知らないが、大昔の沖縄にはたしかに何かあった。ここに住んでいればわかる」

「しかし……」

石神は、明智の言ったことを考えていた。「たしかにムー大陸が日本だったという説が、かつての大東亜共栄圏の構想と結びつくとなると、米軍の情報部あたりは気にするだろうな……」

「特に、ここは基地の島、沖縄だ」

志喜屋が暗い顔になって言った。

石神は無言でうなずくしかなかった。

「とにかく……」

志喜屋が暗い表情のままで言った。「デイリー南西を洗ってみようじゃないか」

「俺は明日、大里和磨に会ってくる」

石神が言うと、志喜屋は心底驚いた顔をした。

「どうやって？」

「佐久川がパーティーのチケットを用意してくれる」

「会ってどうする？」

「訊いてみるさ」

石神は言った。「警察に圧力をかけたのは、あんたか、ってな」

志喜屋は、信じられないものを見るような眼で石神を見ていた。

19

約束の時間に指定されたホテルに出かけた。石神は政治家のパーティーなどこれまで縁がなかった。応援者が集まるのだから、パーティーの雰囲気はきわめてなごやかだ。年輩者が多い。それも金持ちばかりに見える。大里和磨は保守系の衆議院議員だから当然かもしれない。

知り合いのいないパーティーほど居心地の悪いものはない。石神は、佐久川の姿を見つけたときには、心からほっとした。今日はカマキリ男の姿はない。

石神が近づいていくと、佐久川は思いのほか、にこやかな顔を向けた。これが表向きの顔なのかもしれない。いや、あるいは、彼の本来の顔なのか……。

「よく来たね」

「大里議員とぜひとも話がしたくて……」

「今、後援会の連中と話をしているから、ちょっと待ちなさい。紹介してあげよう」

大里和磨の顔には見覚えがあった。テレビのニュースで見かけたことがある。土地連の献金疑惑に関わったというニュースだった。

いかにも保守系の与党の議員といった顔つきをしている。声が大きく、笑顔が絶えない。少しばかり腹が出ているが、太っているというほどではない。

背はあまり高くない。髪は神経質なくらいにきっちりとオールバックに固められている。彫りが深く若い頃はハンサムだったに違いない。

大里は、佐久川に気づいて小さくうなずきかけた。だが、なかなか後援会の連中から解放してもらえないらしい。

大里が佐久川のほうに近づいてきたのは、それからたっぷり三十分経ってからだった。

その間、佐久川も顔見知りの連中と談笑していた。

石神は取り残されたような気分で、薄い水割りをちびちびと飲んでいた。そのとき、石神は、デイリー南西の山本を見つけた。

新聞社のデスク程度の人間がこうしたパーティーに出入りできるものなのだろうか。あるいは、取材という名目なのかもしれない。

山本が大里の後援会に入っているという可能性もある。まあ、そんなことはどうでもいい。ここに山本が来ているということが重要な気がした。

「おう。元気そうだな」

快活な声が聞こえた。大里議員の声だった。佐久川がこたえた。

「この間会ったばかりじゃないか」

「この年になると、いつ何があるかわからない」

佐久川は、石神を大里に紹介した。

「こちら、私立探偵だ」

大里は、目を丸くして石神を見つめた。大きな目だ。まるで子供のような眼だと、石神は思った。石神は名刺を渡した。その名刺を見ながら大里が言った。

「私立探偵……。そいつは面白い。いや、私もね、小さい頃には探偵小説をよく読んだものだ。佐久川、探偵さんとはどこで知り合ったんだ?」

「例の仲里教授の件を調査するために、東京から来たんだそうだ」

大里は、難しい顔になって小さくうなった。

「あれは、琉央大学にとっても痛い事件だったな。捏造疑惑が原因だとか……」

「そのことで、この探偵さんはおまえに話があるんだそうだ」

「ほう……」

大里は、興味深げに石神を見た。どうも、相手のペースで話が進んでいる。石神は、やりにくかった。

「その捏造疑惑ですがね……」

石神は話しはじめた。「でっち上げの可能性が高いのです」

「でっち上げだって……？」

大里が眉をひそめる。佐久川がそれを見て面白そうに言った。

「この探偵さんは、俺のことを疑っていたんだ。仲里を蹴落とすために、捏造をでっち上げたと考えていたようだ」

「仲里教授を蹴落とす？　何のために」

「副学長の椅子に座るためだ」

大里は笑った。

「それは割に合わないな……」

「まったくだ」

「いえ……」

石神は言った。

「疑っていたのは事実です。でも、今はもう疑ってはいません。その点については申し訳ないと思っています」

「私の疑いは晴れたようだがね……」

佐久川は、大里に言った。「今度はおまえに何か言いたいらしい」

「何だね？」

石神はさすがに萎縮しそうになった。現役の政治家というのは、やはりなかなか迫力がある。

「仲里教授の死についての、警察の捜査があまりにずさんなような気がします」

「そういうことは、私にではなく、警察に言うべきじゃないのかね？」

「警察が捜査にあまり熱心でないのには理由があるように思えます。私もかつて警察官だったので、想像がつくのです」

「その理由というのは何だね？」

「上からの圧力です。私は、政治家が県警に圧力をかけたのではないかと考えています」

大里の眼が厳しくなった。

「君は、私が圧力をかけたと言いたいのか？」

「あなたは、佐久川教授と幼なじみだそうですね。そして、捏造事件をスクープしたデイリー南西とも関わりが深い」

石神は、この事件に何らかの陰謀が絡んでいるとしたら、その頂点にいるのが大里だと考えていた。大里は、力のある政治家だ。さまざまな影響力を行使できる。

「仲里君の捏造疑惑はでっち上げだと言ったな？」

「その可能性が高いと申しました」

「君の考えを話してみろ」

「仲里教授は、かつて沖縄は大陸と地続きの陸の橋だったと言っていました。その陸橋が一万数千年ほど昔に突如として海中に没し、残った島々が沖縄など南西諸島になったというのです。その記憶がポリネシアなど南方の島々に伝わり、ムー大陸伝説を生んだ……。つまり、沖縄こそがムー大陸だったと主張していたのです」

「そのあたりのことは知っている。要点を言ってくれ」

「仲里教授は、沖縄周辺の海中にある遺跡などから文明の痕跡を見つけようとしていたらしいのです。捏造疑惑は、そうした調査活動の最中に起きました。仲里教授が宜名真の海底鍾乳洞から石板を発見したというのです。しかし、その石板は、十五、六世紀に作られたものと考えられています。一万年以上前の文明を証明するために、十五世紀あたりのものを使ったということになります」

「どういうことだ?」

「学者ならそんなことをするはずがありません。考古学などの知識がない誰かが捏造疑惑をでっち上げたということになります」

「新聞で読んだところによると、ダイバーが密告したらしいじゃないか」

「それもおそらく嘘でしょう。仲里教授の調査に参加していたダイバーが一人事故死しています。私は、当初何かの口封じのために殺されたのだと思いました」

「それも私がやったと言いたいんじゃないだろうな」

「そう思っていましたよ。でも、事故死だということが明らかになったのです。そして、おそらくそのダイバーも石板のことなど知らなかったはずです」

「じゃあ、密告したのは別のダイバーなのか?」

「いいえ。密告したダイバーなど存在しません。誰も石板など見ていないですから……。デイリー南西は、米軍から入手した石板の写真を使って捏造疑惑をでっち上げたのではないかと、私は考えています。デイリー南西の山本という人は、米軍の情報将校と親しいらしいですね。そこで、あなたとつながったのです。あなたなら、警察に圧力をかける力もある。そして、デイリー南西にも影響力を持っている」

大里の顔が見る見る赤くなっていった。

彼は秘書らしい男に言った。

「おい、デイリー南西の山本を呼べ」

それから、石神と佐久川に言った。「こっちへ来てくれ。どういうことか、はっきりさせよう」

大里はパーティー会場を出て、小さな部屋に入っていった。どうやら控え室として押さえてある部屋のようだ。

大里はソファにどっかと腰を下ろしたが、石神と佐久川は立ったままだった。佐久川は、戸惑ったような表情をしている。話の流れが理解できていないのかもしれない。

石神も戸惑いを感じていた。

大里は何をしようとしているのだろう。

やがて、秘書とおぼしき男がデイリー南西の山本を連れてやってきた。その男は、すぐに部屋を出ていった。

山本は先日とはうって変わって上機嫌だった。

「やあ、大里先生。盛会ですな。おや、佐久川先生もごいっしょですか」

山本は、石神のことをあっさりと無視した。大里に愛想を言うのに夢中なのだろう。

大里の表情は厳しかった。鋭い眼で山本を見て言った。

「おまえに訊きたいことがある」

山本の表情からさっと笑いが消えた。山本は、ようやくその場の雰囲気を察したようだ。

「何です、訊きたいことって？」

「琉央大学の仲里教授の捏造疑惑をスクープしたのはおまえだな？」

山本は、ようやく石神を見た。

「その探偵に何か吹き込まれましたね？」

「訊かれたことにこたえるんだ。捏造疑惑をスクープしたのはおまえだな？」

「ええ、そうです。私ですよ」

山本の顔から表情が失せていく。

「ダイバーの密告だったそうだが、そのダイバーの名前は何という？」

「それは……。ニュースソースは秘密ですよ」

「そんなダイバーなどいなかったのではないか？」

「何をおっしゃるんです……」

「石板を見たのか？」

「もちろん。石板については、佐久川先生に確認していただきました」

佐久川が言った。

「たしかに確認した。しかし、私は写真を見ただけだ。実物は見ていない。石板に関しては、これまで十三枚発見されたうち十二枚の所在は明らかだ。だから、その写真を見たときに、おかしいなとは思ったんだ」

石神は言った。

「残りの一枚は、米軍が保管しているという情報があります」

山本は、ますます無表情になっていく。一種の開き直りだろうか。

大里議員が、山本に言った。

「おまえは、アメリカ軍の何とかいう情報将校と仲がよかったな」

「軍関係の情報をもらうために付き合っているんです。新聞記者としては、そういう情報源も持っていなければなりません」

「もう一度、訊く。石板は見たのか?」

山本は、何事か考えていた。嘘をつくべきか本当のことを話すべきか迷っていたのかもしれない。

やがて、彼は言った。

「もちろん、見ましたよ。ダイバーが証拠として持ってきてくれました」

「それはどこにある?」

「知りません。ダイバーが持ち帰りました」

「嘘はやめろ」

突然、大里の大声が部屋に轟いた。

石神も度肝を抜かれた。普通の人間が出せる声の限度をはるかに超えていると思った。

これが政治家の声だ。

山本の顔がさっと青ざめた。口をかすかに動かしている。何か言いたいのだが、言葉が出てこない様子だ。

大里の雷鳴のような大声が続いた。

「おまえが、米軍から手に入れた写真を使って、捏造をでっち上げたのだろう」

「そんなことは……」

「俺に嘘をつくとどういうことになるか、それを知る度胸がおまえにあるのか？」

山本は、救いを求めるように佐久川を見た。だが、佐久川が山本に助け船を出すはずはない。

山本はおろおろと視線を大里に戻した。そして、急に肩の力を抜いた。

石神は、こうした反応を警察の取調室で何度も見てきた。犯罪者が落ちた瞬間だ。

がっくりと肩を落とした山本は、うつむいたまましゃべりはじめた。

「よかれと思ってやったことです。誰もが仲里教授を邪魔者だと思っていた。あいつは、基地の返還運動と関わりを持っていた。そして、米軍の情報部は仲里教授のムー大陸沖縄説を危険視していた」

「米軍が危険視？」

石神が説明した。

「旧日本軍の太平洋戦略です。太平洋の島々も大東亜共栄圏の一部だという主張と、ムー大陸研究が結びついていたことがある」

山本は、弁明するチャンスは今しかないとばかりに夢中で話を続けた。

「一方で、琉央大学では、仲里教授は佐久川先生の対抗馬だった。仲里なんかに副学長になられちゃたまらない。うちとしては、関わりの深い佐久川先生に出世してもらいたいんです」

佐久川はかぶりを振った。

「私はね、彼を邪魔者だなどと思ったことは一度もないよ。彼も琉央大学にとって必要な人材だった」

「私なりに考えてやったことです。仲里は沖縄のためにならない」

大里は悲しげにかぶりを振った。

「本当に沖縄のことを考えるというのはそういうことではないだろう。あらゆる人材を活用していかなければ沖縄に未来はない。どうしてそれがわからんのだ？」

「沖縄を本当によくしようと考えているのは、先生のような方です。仲里のようなやつらじゃない」

「だからといって、捏造疑惑をでっち上げるなど、やっていいことじゃない。それで人が一人死んだんだ」

山本は、はっと大里を見た。

「まさか自殺するとは思ってもいなかったんです。彼の説が信憑性を失い、大学では、しばらく謹慎でもしていてくれればと思っただけです」

「だが、仲里教授は自殺した」

大里は重々しい口調で言った。「それは厳粛な事実だ」

「いや」

石神が言った。「仲里教授は自殺などしていません」

大里、佐久川、山本が同時に石神を見た。

「警察がちゃんと捜査をすれば、それはすぐに明らかになるはずです」

「圧力がかかっていると言ったな」

大里が石神に言った。

「はい。たぶん……」

石神がこたえると、大里は再び山本に厳しい眼を向けた。

「おまえ、何か知っているか?」

山本は、ぶるぶると震えだした。汗をびっしょりかいている。顔面は紙のように真っ白になっていた。

彼は、突然床に土下座した。

「申し訳ありません」

山本が頭を下げると、大里は冷ややかに言った。

「何をしたんだ?」

山本は、額を床にこすりつけたまま言った。

「先生のお名前を使わせていただきました」

「どういうことだ?」

「仲里の死体が発見されたと聞いたとき、私はうろたえました。記事が原因の自殺だと咄嗟に思ったのです。もしかしたら、記事をでっち上げたことにも捜査が及ぶのではないかと恐れ、県警の島袋課長に言ったのです。この件に関しては、あまり深入りしないようにと、先生がおっしゃっていると……」

その一言で、大里が圧力をかけたのと同じ効果があったというわけだ。政治家の名前というのは、使いようによっては大きな効力を発揮する。

大里は言った。

「つまらんことをしたものだ」

大里は、つっぷしたままの山本に命じた。「捏造疑惑についての訂正と謝罪の文を新聞に載せろ。そして、おまえは責任を取って会社を辞めるんだ」

山本は、顔を上げてすがるような眼で大里を見た。

「この歳で職を失いますと……」

大里はまた怒鳴った。

「当然の報いだ」

それから声を落とした。「……と言いたいところだが、今まで私にいろいろと尽くしてくれたことだしな……。まあ、悪いようにはしない。新聞社を辞めた後のことはまかせろ」

飴と鞭をうまく使い分ける。これが政治家というものだ。石神は感心していた。

大里は石神を見た。

「聞いたとおりだ。これでいいか?」

石神はうなずいた。

「仲里教授も、草葉の陰でほっとしているでしょう」

「県警の島袋には、私が電話しておく」

そう言うと、大里はさっと立ち上がり、早足で部屋を出ていった。三人は、部屋に取り残されたような形になり、しばらく身動きもせずにいた。

＊

その日の夕食の際に、石神はすべてを志喜屋、明智、そして麻由美の三人に話した。

三人はそれぞれの思いに沈んでいた。

石神もそうだった。

園田圭介の依頼は、仲里教授の無念を晴らしてくれというものだった。その依頼の内容はほぼ終了した。新聞に訂正記事が載れば、捏造の疑惑は晴れ、仲里教授の名誉は回復するだろう。園田圭介もそれで満足してくれるはずだ。

だが、石神はまだやり残したことがあると感じていた。

志喜屋が言った。

「警察への圧力はなくなる。捜査を一からやり直せるんだな」

石神は、気分が晴れなかった。

「そういうことだな」

麻由美が石神に言った。

「父さんがどうして死んだか、わかっているんだね？」

「どうして死んだか？」

石神は聞き返した。「なぜ死んだかという意味なら、こたえはノーだ」

「どういう状況で死んだか、という質問なら？」

「だいたいわかっている」

石神がこたえると、志喜屋が言った。

「わかっているなら、話してくれ」

「順を追って考えればわかることだ。ようするに消去法だ。可能性が低いものから消していく」

「まどろっこしいな……」

石神は溜め息をついた。

「明日まで待ってくれ」

志喜屋は抗議しかけたが、それより早く麻由美が言った。

「何か考えがあるのね？」

「ああ。考えている」

「それは、園田君の依頼に関係したこと？」

「そうともいえるが、俺が勝手に考えたことでもある」

「わかった」

石神は、これからやろうとしていることをすべて見透かされているような気がしてきた。そんなはずはない。麻由美は、ちょっと不思議な雰囲気を持った少女だが、心の中が読めるわけではないだろう。

だが、麻由美が納得してくれたことで、石神はほっとした気分になっていた。

「何の話をしているんだ」

志喜屋があきれた顔で言った。

「明日になれば、わかる」

石神はもう一度言った。「明日まで待ってくれ」

20

ダイバーの玉城洋一は、ボートを繋留《けいりゅう》してある小さな港にいた。石神に気づくと、眩しそうに眼を細めた。

近所の人に、玉城なら港にいると言われてここにやってきたのだ。

朝の光が彼の顔を真正面から照らしている。玉城洋一は、黒いゴムのウェットスーツを着ていた。

石神は、ゆっくりと近づいていった。

玉城洋一は、ロープを巻く作業の手を止め、体を起こした。

「何の用だ?」

玉城は言った。

石神は立ち止まった。

そのまま二人は無言で顔を見合っていた。

玉城が先に眼をそらした。作業を再開する。

「あんたとは二度と会いたくないと言ったはずだ」

「できれば、俺も会いたくはなかった。だが、確かめておかなければならなかった」

玉城は手を止めない。

石神は言った。

「仲里教授を殺したのは、あんただな?」

玉城は、作業を続けながら言った。静かな口調で言った。

「ああ、そうだ」

眼を石神に向けた。「どうしてわかった?」

「探偵だからな」

石神が言う。「弟が死んだことと、何か関係があるのか?」

玉城は巻いたロープをボートの中に放り込み、腰を伸ばすと石神のほうを向いた。

「殺すつもりはなかった。はずみだったんだ」

「なぜ、殺した？」

「はずみだと言ったろう。俺はあいつと話をしようと思っただけだ。仲里は、俺たちをこき使った。要求があまりにきつすぎた。俺は何度も、あいつに言ったんだ。俺たちは疲れている。むちゃをしている。死んでもおかしくはない、と……」

どこかで聞いた台詞だと思った。

すぐに思い出した。仲里教授のノートの走り書きだ。知念が遺書だと思い込んだ文言だ。教授は何かの理由で、ダイバーたちの言葉を書き付けていたのだ。

今となってはその理由はわからない。おそらく、気になったことを書き付けておく習慣があったのだろう。ダイバーたちの苦情はいちおう気にしていたということなのかもしれない。

玉城は続けて言った。

「だが、あいつは払った金の分だけは仕事をしろと言うだけだ。弟は、調査の仕事を終えた翌日、また護岸工事で潜らなければならなかった。もし、仲里教授が俺たちの言い分に耳を貸して、もう少し楽なスケジュールで潜らせてくれれば、弟は死なずに済んだかもしれない」

「事故だったんだ。誰にも防ぎようはなかった」

「わかっている」

玉城は、石神を見据えた。その眼が怒りで光っていた。「わかっているがどうしようもないんだ。俺たちに親はいない。早くに死んじまって、親戚をたらい回しにされた。二人でいずれはダイビング・ショップを開こうと計画していた。ま、半分夢みたいな話だがね……。その弟がいなくなっちまった……」

玉城のやるせない気持ちはよくわかった。いや、わかるような気がしただけかもしれない。人の悲しみは他人には決してわからない。

「あんたは、弟が死んだ後も仲里教授の調査に参加していたんだな」

「契約が残っていたしな。知念にぜひにと頼まれた。俺たちほどあの洞窟の中を知っているダイバーはいない」

「弟を失った悲しみや怒りはわかるが、それを仲里教授にぶつける必要はないだろう」

玉城は小さく肩をすくめた。

「あの夜も、話をしようとしただけだ。スケジュールはきつく、しまいには知念まで潜るようになっていた。俺は、仲里を外に呼び出して同じことを言った。このままじゃ死んじまう。事実、弟は死んじまった、と……」

「だが、教授は聞き入れなかった」

「それだけじゃない。俺を怒らせるようなことを言ったんだ」

「何だ?」

「捏造疑惑はダイバーが密告したと言われている。おまえの弟なんじゃないのか？　仲里はそう言った。俺は、かっとなった。酒も入っていたしな……。俺は思わずあいつを突き飛ばした。あいつは、あっけなく後ろに転んだ。そのとき、頭を岩にぶつけたんだ。たったそれだけで死んじまったんだよ」

「すぐに警察に届ければよかったんだ」

「警察など信用できない。人殺しにされちまうのがオチだと思った」

「それで、自殺に見せかけようとしたのか」

「思ったよりずっとうまくいった。警察はたいした捜査もせずに自殺だと決めちまった」

「これからはそうもいかなくなる」

玉城は、眉をひそめた。

「これから……？」

「警察は、これから本腰を入れて捜査を始める」

「四ヶ月も経っている」

「事情が変わったんだ」

「いずれにしろ、あんたに話した。あんたが警察に通報すれば、それで終わりだ」

「俺は警察には言わない」

玉城は、怪訝そうに石神を見た。

「なぜだ?」

「俺の役目じゃないからだ。あんたを捕まえることは、依頼内容に入っていない」

玉城は目を伏せた。

石神は、彼に背を向けて歩きだした。

＊

「いいですか? 潮の流れがかなり速いですから、気をつけてください」

ダイビングボートの上でガイドが言った。玉城が使っていたボートの数倍はある立派な船だ。

風が強い。小さな波が立っている。

石神たちは、与那国島の海底遺跡ポイントにやってきていた。明智に段取りを任せるとたちまち予約を入れた。

麻由美も同行していた。彼女はボートで待っていることになっていた。このポイントは、初心者には少々きついという。

石神は不安だった。

ドリフトダイブをするという。つまり、潮の流れを利用して水中を移動する。ボートが、浮上するポイントに先回りをして待っているというダイビングだ。

今さらびびっても仕方がない。ここまで来て潜るのをやめるとは言えない。腹をくくることにした。どんなことをしてでもガイドについていくつもりだった。

装備を点検し、レギュレーターをくわえる。冷たい空気が口の中に流れ込んでくる。船尾にあるステップから用心深くエントリーした。

海面ではばしゃばしゃと波が顔を叩く。船尾から重りをつけて水中に垂らしたロープにつかまりながら潜行していく。前回明智に言われたとおり、頭を下にして潜った。今回はすぐに潜行できた。

とたんに、青い静けさに包まれる。晴れているので水中は明るい。頭上では波がきらめいている。

レギュレーターから空気が送り出されるシューッという音と、息を吐き出すときのゴボゴボという音が交互に規則的に聞こえる。

体が一方に押されていく。潮の流れだ。ガイドが言ったとおりかなりきつい。潮に流されながら、潜行していった。

ガイドはこの速い潮の中でもゆうゆうと泳いでいく。

石神は、例によって必死にフィンを動かした。たちまち息が上がり、ごぼごぼと大量の泡を吐き出した。

不思議な海だ。魚もいなければ、珊瑚も見当たらない。

やがて、目の前に大きな黒い影が見えてきた。近づくにつれ角が鋭く切り取られたような形をしているのがわかった。

それは、巨大な岩の固まりに見えた。

石神は息を飲んだ。

息苦しさを忘れた。

ブルーのフィルターの向こうには、巨大な遺跡が横たわっていた。

ガイドは、その一端につかまった。石神もなんとか遺跡にたどり着いた。

あまりに巨大で、一度のダイビングでは周囲を一回りすることすらできそうにない。

その瞬間に、石神は確信した。

これは人工の建造物だ。人々の意志をその巨石から感じ取ったのだ。太古にそこで何かを築き上げようとした人々の意志だ。

あらゆる場所に直角や直線、平面が見て取れる。これは決して自然にできる地形ではない。

理屈ではない。見ればわかる。

石神は、海中で自分のうめく声を聞いていた。感動の声だった。

潮の流れが速いので、遺跡の一端にしがみついているのがやっとだ。だが、それで充分だった。超古代の息吹が伝わってくるような気がした。

この気持ちを早く麻由美や園田圭介に伝えたい。

石神は、青く澄んだ世界の中でそう思っていた。

＊

必要ないというのに、志喜屋はホテルから空港まで送ると言って車でやってきた。

石神たちが、与那国で潜っている間に、玉城洋一が自首した。それを知らせてくれたのは志喜屋だった。

ホテルにやってきた志喜屋は言った。

「今回はいろいろと世話になったな」

石神はこたえた。

「それは、こっちの台詞だ」

「また、沖縄に来ることがあったら、連絡してくれ」

「妙だな」

「何がだ？」

「探偵は、あまり警察に好かれないもんなんだがな……」

「例外もある。そういうことにしておこう」

志喜屋は車の中ではやはり無口だった。石神もほとんどしゃべらなかった。

空港でチェックインを済ませると、志喜屋は言った。

「じゃあな」

「ああ、それじゃ……」

それが、志喜屋と石神の別れの言葉だった。

＊

麻由美は飛行機の中でもずっと黙っていた。もとの麻由美に戻ってしまったのだろうか。石神はそんなことを思った。

今が一番きついときかもしれない。

一人で生活ができるようになれば、人生も変わる。

そう言ってやりたかった。だが、そんなことを言っても今の麻由美には理解できないだろう。

人生には何度か変化が訪れる。それは、経験した後でわかることだ。

石神は目を閉じた。すると、与那国島沖合の海底遺跡が脳裏に浮かび上がってきた。青く静かな海底で、黒々とした巨大な石の建造物が眠っていた。

沖縄陸橋の大部分が海底に没したのは、一万年前から一万五千年前のことだという。以前、ピラミッドなど巨石文明に関わりのある事件のときに、超古代文明のことを知った。それは、紀元前一万一千年に突如として滅んだ成熟した文明で、その名残がオーパーツとして出土され、その記憶が神となった。

巨石文明が残したもっとも重要なものは、その建造物に巧みに盛り込まれている数字だ。円周率や黄金分割、そして、星の歳差運動から割り出されるさまざまな数字。それが神の正体だった。

神は数字だったのだ。

そして、今回、石神は沖縄の海に異質の神を見た。

古来沖縄の人々がニライ・カナイといった場所。海の向こうの神々が住む場所。

俺は、たしかに、宜名真の海底鍾乳洞や、与那国の海底遺跡で神を見た。

石神はそう思った。

21

石神が長い説明を終えると、園田圭介はどうしていいかわからない様子で、周囲を見回した。

そこには、明智と仲里麻由美もいた。

園田圭介と麻由美がいっしょに事務所に現れたのを見て、石神は驚いた。

「どうだ？　こうした報告で満足してくれたか？」

「新聞で、仲里教授の捏造疑惑が晴れたこと、そして、自殺ではなかったことを読みました。とても満足しています」

ぺこりと頭を下げた。「どうもありがとうございました」

石神は、必要経費と規定の料金を請求していた。高校生としてはかなりの額なはずだ。

だが、探偵の報酬に学割はない。

礼を言われるとなんだか申し訳ないような気もしてくる。

「報告は文書にしようか？」

「いえ、必要ないです。新聞記事がすべてを物語っていますから……」

石神はうなずいた。

「もう一つ、あんたに言っておきたいことがある」

「何です？」

「俺は、宜名真の海底鍾乳洞と与那国の海底遺跡のポイントに潜ってみた」

　園田圭介は驚きの表情だった。

　驚いてみせないといけないのでそういう表情をしたという感じだ。

「えー。本当に潜ったんですか？」

「ああ。そして、一つ確信した。たしかに神の気配を感じた」

「神の気配？」

「超古代文明の雰囲気だ。紀元前一万一千年に、高度な文明が一度滅んだという説がある。それは、おそらく隕石か彗星が地球に衝突したせいだろうといわれている。もしかしたら、沖縄にあった巨石文明もそうした文明の一端だったのかもしれない」

　園田圭介は目を輝かせた。

「僕もそう思います」

「それを調べるのは、あんたの役目だ」

　園田圭介は、ふと表情を曇らせた。

「僕の役目……？」

「琉央大学に知念という先生がいる。仲里教授の助手をしていた学者だ。彼は、仲里教授の調査にずっと同行していた。本当にやる気があるんなら、琉央大学に入って知念に会い、データを提供してもらって、あんたが、仲里教授のあとを継ぐんだ」

園田圭介の眼に力が宿った。

「やります。僕は必ず琉央大学に入ります」

「さて、これで話は済んだ」

石神がそう言ったとき、麻由美が石神のほうを見た。その気配を感じ取って、石神も麻由美を見た。

麻由美がまっすぐに石神のほうを見て言った。

「あたしも言うことがある」

「何だ？」

「あたしも、この子といっしょに琉央大学に入るつもり」

「ほう……」

「あたしのインスピレーションが、父さんの研究の役に立ったんでしょう？　だったら、この子にも協力してやってもいいかなって……」

「たしかにそうだ」

石神は言った。「仲里教授は、君の夢を利用したわけじゃない。信じたんだ」

麻由美はうなずいた。

「今はわかるような気がする」

「父さんのこと、好きになれそうか？」

「今はわからない。でも、きっと……」

「いいだろう。頼りないそこの坊やを助けてやるんだな」

園田圭介は、もじもじしていた。

まったく煮え切らない若者だ。

麻由美が琉央大に行くというのは悪くないアイディアに思えた。片山夫婦とうまくいくとは思えない。無理をするよりできるだけ早く離れたほうがいいだろう。それがお互いのためだ。そして何より、麻由美には沖縄が似合っている。

「ありがとう」

麻由美ははにかむように言った。「本当にありがとう。それが言いたかったんだ」

麻由美がほほえんだ。

その瞬間に、石神は、沖縄の海風を思い出していた。

《参考文献》

『ムー大陸は琉球にあった!』木村政昭(徳間書店)
『沖縄海底遺跡の謎』木村政昭(第三文明社)
『与那国島海底遺跡　潜水調査記録』木村政昭・編(ザ・マサダ)
『海底のオーパーツ』南山宏・編(二見書房)
『沈黙の神殿』大地舜(PHP研究所)
『最後のムー大陸「日本」』神衣志奉(中央アート出版社)
『海のシルクロード』戸川安雄(徳間書店)
『目からウロコの古代史』武光誠(PHP研究所)
『考古学のわかる本』山岸良二(同成社)
『立花隆、「旧石器発掘ねつ造」事件を追う』立花隆・編(朝日新聞社)
『超古代大陸文明の謎』平川陽一(PHP研究所)
『偽史冒険世界』長山靖生(筑摩書房)

本作品はフィクションであり、作中に登場する人物、団体名はすべて架空のものです。

本書は二〇〇五年三月に小社より刊行された
同名文庫の新装版です

双葉文庫

こ-10-10

海《うみ》に消《き》えた神々《かみがみ》〈新装版〉

2020年4月19日　第1刷発行
2020年6月 3日　第2刷発行

【著者】
今野敏《こんのびん》

【発行者】
箕浦克史
【発行所】
株式会社双葉社
〒162-8540 東京都新宿区東五軒町3番28号
［電話］03-5261-4818(営業)　03-5261-4831(編集)
www.futabasha.co.jp（双葉社の書籍・コミックが買えます）
【印刷所】
大日本印刷株式会社
【製本所】
大日本印刷株式会社
【カバー印刷】
株式会社久栄社
【DTP】
株式会社ビーワークス

【フォーマット・デザイン】
日下潤一

ISBN978-4-575-52344-7 C0193
Printed in Japan